4@ltijd mezelf

Elisabeth Mollema

4@ltijd mezelf

Met tekeningen van Monique Beijer

lannoo

www.terralannoo.nl/kindenjeugd

Copyright text © 2006 by Elisabeth Mollema. Niets uit deze uitgave mag
worden verveelvoudigd en/of openbaar gemaakt, in enige vorm of op welke
wijze ook, zonder voorafgaande schriftelijke toestemming van Uitgeverij
Lannoo NV, Tielt/Arnhem.

Omslagontwerp Studio Jan de Boer
Zetwerk Scriptura
Illustraties Monique Beijer

Tweede druk, 2006

ISBN 90 8568 291 6
NUR 283

Lieve Philippine,

Je bent weliswaar een stom dagboek, maar ik ben blij dat ik jou heb, want anders kon ik tegen niemand zeggen wat ik denk. Iedereen is bezig met iets anders of met zichzelf. Ik voel mij heel erg alleen!

Wouter is op 'wereldreis' door Nederland met zijn moeder en haar vriendin Ankie, Wouters stiefmoeder dus. Ja, ze zijn lesbisch, voor het geval je dat nog niet doorhad. Wouters vader is een zaadje uit een potje. Wouter en zijn twee moeders reizen met een caravan langs de plaatsen waar Ankies tante Augustina heeft gewoond. Dat schijnen er nog al wat te zijn, want die tante was erg wispelturig. Ze is nu dood, maar het leek Ankie leuk om een verslag van hun reis te maken en dat aan te bieden op de tachtigste verjaardag van de huishoudster van die tante waar ze haar hele leven mee heeft samengewoond.

Wouter zit achter in de caravan en schrijft er een verslag over. Zo krijg ik wel een goed beeld van Nederland.

Mijn vriendin Gwen heeft opeens besloten dat ze stuud wil worden en zit de hele dag huiswerk te doen. Het zal wel weer een bevlieging zijn, want ze is zo ongeveer elke maand een ander type. Met Richter heb ik een knipperlichtrelatie, maar volgens mij staat het licht meestal op rood. Het is meestal uit dus. Ik word ook doodmoe van dat aan-en-uit-gedoe. Ik geloof dat ik hem nu echt niet meer wil. Of wel? Of niet? Of wel, of niet? Als ik hem op school zie, vind ik hem opeens weer leuk. Maar tegen de tijd dat het pauze is, weer niet. Ik weet zelf niet eens wat ik wil. Misschien wordt het tijd voor een ander vriendje. Maar wie? Ik ken echt geen leuke jongens. Ik vind het allemaal nerds.

Van mijn zus Kim hoor ik ook bijna nooit iets. Ze blijft weken achter elkaar in Amsterdam waar ze op de toneelschool zit. Als ze belt, praat ze voornamelijk over wat zij allemaal heeft meegemaakt. En als ik dan over mezelf wil vertellen, roept ze: 'Ik moet ophangen!'

Mijn vader is altijd op zakenreis (en heeft volgens Kim een vriendin. Niet dat ze een bewijs heeft, hoor. Maar ze denkt het). Hij laat
bijna nooit wat van zich horen. Wel stuurt hij af en toe een mailtje
en soms belt hij, maar dan vraagt hij steeds hetzelfde: 'Hoe is
het?' 'Hoe is het op school?' 'Doe je een beetje je best?' 'Is er
verder nog iets?' 'Binnenkort gaan we samen iets leuks doen.'
'Verzin maar vast iets.' En dat allemaal ook altijd in dezelfde
volgorde. Volgende keer kan ik antwoorden vóór hij iets heeft
gevraagd. Hij is zo vaak weg, dat ik zo langzamerhand denk: Wie
is die man die steeds van die stomme dingen vraagt?
Mijn moeder wordt altijd heel erg zenuwachtig als ik erover begin.
Ze baalt er ook van dat mijn vader steeds weg is. Volgens mij
heeft ze last van verlatingsangst en daarom doet ze de een na
de andere totaal nutteloze cursus. Nu denkt ze dat ze misschien
verborgen artistieke talenten heeft. Ze is begonnen aan een cursus pottenbakken op muziek. Daar kun je ritmisch kleien. Ze is er
bijna nooit meer als ik uit school kom.
Verder ken ik niemand, behalve dan die duffe mutsen van
Angelina's geitenclubje die bij mij op school zitten, maar met hen
kun je alleen praten als je doodmoe bent en je hersenen bijna niet
werken. Ze zijn maar in drie onderwerpen geïnteresseerd: zichzelf,
jongens en zichzelf.

En dan heb ik nog een probleem: Ik heb ook niets te doen. Ik ver-
veel me dus een ongeluk.
Iedereen om mij heen is ergens mee bezig: Wouter met zijn
wereldreis, Gwen met stuud-zijn en met haar huiswerk, mijn moeder met kleien, Kim met toneelspelen, mijn vader met zijn werk of

zijn geheimzinnige vriendin, Richter met weet-ik-wat? (dat vertelt hij mij niet nu het uit is) en Angelina en haar geiten met jongens en zichzelf.

Er zijn toch zat andere kinderen om mee te praten, zul je vast zeggen. Ja, dat wel. Maar steeds als ik op iemand af stap omdat ik denk dat die wel leuk is, kijkt hij of ik lucht ben. Dat kan me dan ook weer niet zoveel schelen, want eigenlijk vond ik diegene toch al niet zó leuk. Iedereen is zo anders dan ik. Ik pas gewoon nergens bij. Ik voel me net een puzzelstukje dat in de verkeerde doos terecht is gekomen. En dat is best een rotgevoel.

Ik heb nog veel meer problemen, maar die ben ik even vergeten.

Ik ga nu stoppen, want ik weet ook niks meer te zeggen.
Lots of Love. Toekie.

Misschien moet ik mezelf net als Gwen opnieuw uitvinden en een andere identiteit verzinnen. Eentje waardoor ik een beetje meer opval. Zodat mensen zeggen: 'Hé, wie is dat meisje? Daar wil ik wel eens mee praten.'

Toekies oog viel op een opengeslagen bladzijde van het blad Cosmo Girl dat naast haar bed op de grond lag. Op een foto was een meisje te zien in een jurk met een enorme rok. Er waren een heleboel zakken van stofjes met verschillende motieven op genaaid. Het leek net een grote theemuts. Op haar hoofd had ze een bos pauwenveren in felle kleuren. Het meisje lachte vrolijk. Het was zeker heel leuk om er zo uit te zien.

Toekie keek er een tijdje naar. Toen kreeg ze een idee. Ze pakte haar pen en schreef in haar dagboek:

Ik ga iets met kleren doen. Ja, dat is het. Ik word modeontwerp-ster. Dat wordt mijn nieuwe identiteit. Ik ga heel bijzondere cre-aties verzinnen. Als ik die aantrek, kom ik misschien wel iemand tegen die een beetje leuk is en die bij me past. Lachen, man!

Nog een keer: LOL Zkie

Toekie gooide Philippine op haar bed en dacht even na. Ze trok een velletje papier van een bloknoot en maakte een lijstje met een heleboel verschillende kle-dingstukken.

Handschoenen
Hoeden
Mutsen (hoofddoeken. Ja, onwijs gave boerka's! Te gek!)
Broeken
Rokken
Jassen
Vesten
Truitjes
Schoenen
Kousen
Laarzen
Bling bling

Jurken
Bh's
Onderbroeken
Badpakken
Sjaals
Tassen

Toekie staarde een tijdje naar het lijstje. Wat kon je voor leuks verzinnen aan handschoenen? Je had gewone, die je kon versieren met van alles en nog wat: met kraaltjes of met glittertjes of met pompons of met gekke dingen, zoals belletjes of met lichtjes die je op een batterijtje kon laten werken. Je kon ook letters op de vingers borduren, zoals KOUD op de vingers van de ene handschoen en WARM op de andere. Iets anders kon ook, bijvoorbeeld YES! en NO! Of KISS en LOVE. En wat dacht je van LOOK HERE (allebei als je naar een leuke jongen wilde zwaaien). Of NO en THNX als je hem juist niet zag zitten.

Of je kon ze van leuke stofjes maken, zoals bij voorbeeld van teddybeerbont of van kant. Van een oude trui kon je ook mooie handschoenen maken. Dan gebruikte je oude handschoenen gewoon als patroon.

Je had ze zonder vingers. Wat handig was met telefoneren.

Er waren heel lange handschoenen. Dat was weer handig als je in de winter iets wilde dragen zonder mouwen.

Je kon ze ook maken met polsstukken die er als armbanden uitzagen. Of met heel wijde polsstukken. Of alleen polsstukken.

Dan waren er ook nog wanten, met en zonder duim.

Er was eigenlijk van alles te verzinnen. Maar kon je met handschoenen opvallen? Was iemand met rode handschoenen anders dan iemand met wanten zonder duimen? Misschien als je handschoenen aan je voeten deed! Ja, dat viel vast wel op. Je kon ook een kledingstuk maken van aan elkaar genaaide handschoenen. Daar moest ze nog maar eens over nadenken.

Ze pakte een handschoen uit haar kast en bekeek die. Zo moeilijk was het niet om zoiets te maken. Ze legde de handschoen op een leeg vel papier en trok hem om. Zo klaar! Een want was nog gemakkelijker.

Een handschoen met allerlei lapjes, een handschoen
met een zakje.
Een handschoenenwant en een want met kant!

Een handschoen met een fotootje, boutjes en moertjes met afneembaar gedeelte, een zesvingerige handschoen, een handschoen met lovertjes of met alleen maar vingers (niet handig).

Net bedacht Toekie dat ze misschien beter iets leuks voor op haar hoofd kon ontwerpen, omdat dat meer opviel, toen ze het bliepje van haar computer hoorde. Er was iemand online. Hoi! Het was Wouter, haar beste vriend sinds ze acht jaar was. Vroeger speelden ze bijna altijd samen en vaak mocht hij mee op vakantie of zij met hem. Als Wouter niet Wouter was geweest en zij bovendien niet twee jaar ouder was, kon ze misschien wel verliefd op hem worden.

Wouters chatnaam was The Master of Disaster. Toekie klikte zijn naam aan.

Teckel (dat was Toekies chatnaam) zegt:
Waar zit j?

The Master of Disaster zegt:
Hier is uw reizende reporter! In Dassemus. Wat doe j?

Teckel zegt:
NX

The Master of Disaster zegt:
Dassemus is cool. Als j j soms mocht afvragn waar h ligt, dan kank j zeggn dat khet ook n weet. Behalve dat h ergens i Brabant is. Tante Augusta moet hier n paar maandn i n boshut hebbn gwoond. We hebbn hem nog niet gvondn. Misschien is h inmiddels opgegetn d d houtworm. H is ook nogal n tijdje gledn dat z hier was.

Meer dan vijftig jaar gloofk. W hebbn d caravan i n bos gparkeerd. Kgeloof d w vanavond wild kampern. Kan spannend wordn. Mijn moedr + Ankie zijn nu bood- schappn doen en kzit i d lokale snackbar t internettn. Ze hebbn hier n hotspot. Kheb net n frikadel speciaal besteld. Toffe mensen hier.
Hoe is h i l lolland?

Teckel zegt:
Onwijs saai.

The Master of Disaster zegt:
Was j maar hier dan kondn w samn o everzwijnen- jacht.

Teckel zegt:
Ja, daar hebk altijd v gedroomd. V everzwijnn dan. Wanneer komn julli thuis?

The Master of Disaster zegt:
Kbn bang d h nog even gaat durn. W moetn nog langs n stuk of 10 plaatsn + die liggn verspreid i Nederland. Ankie wil z bezoekn i d volgorde waarin tante Augusta er heeft gwoond, dus w rijdn kriskras d Nederland. Me moeder heeft toestemming v d directeur om me n paar wekn mee o reis t nemn. Kvind h niet erg, kben i n half uurtje klaar m schoolwerk, kheb d rest v d dag vrij.

Toekie staarde even naar het scherm. Ja, een half uurtje school was vast genoeg voor Wouter die op de basisschool een klas had overgeslagen. Ze baalde dat hij zo lang weg bleef. Chatten was toch anders dan praten als je tegenover elkaar zat en bellen was zo duur met die mobieltjes.

Teckel zegt:
Tof!

The Master of Disaster zegt:
Hoe is h m Richter?

Teckel zegt:
Weet kveel. Het is uit.

The Master of Disaster zegt:
O, kdacht d h weer aan was.

Teckel zegt:
Nee. Dat was eergistern. Hij heeft h gistern uitgemaakt. Of nee, dat hebk gdaan. Sorry, kraak er n beetje v i d war.

The Master of Disaster zegt:
Moet stoppn. Me moeder staat buitn tegn h raam t bonkn. D is wel n nadeel v deze trip; z zittn d hele dag op me lip. Blij toe dat ik i d caravan zit als w reizn. Kan

dan d muziek ook lekker hard a zettn. CU soon! {:-(

Toekie kende die smiley niet. Ze zocht het op in het chatwoordenlijstje dat Wouter haar had gegeven. Ah! Dat betekende: mijn toupet loopt gevaar door de harde wind. Ha ha! Zal wel!

Bliep!

Gwen was online. Toekie klikte haar naam aan.

Teckel zegt:
Hi!

Queen of Mystery zegt:
Wat doe j?

(Waarom wil iedereen toch weten wat ik doe? dacht Toekie geïrriteerd.)

Teckel zegt:
NX. Jij?

Queen of Mystery zegt:
Kleer n proefwrk ak. W hebbn h al over 3 wekn! Kwil n goed cijfer haln. Gistern kreeg ik n proefwerk engels trug. Khad n 8. Baln!

(Een acht! dacht Toekie. Ja, dat was goed balen, maar niet heus! Zo'n hoog cijfer had ze haar hele leven nog nooit gehaald. Ja, één keer voor Engels, maar toen had ze alles overgeschreven van Wouter. En een proefwerk leren dat je pas over drie weken had, was helemaal iets ondenkbaars. Gwen nam haar rol als stuud wel erg serieus op. Een echte stuud zou trouwens niet zo veel tijd nodig hebben.)

Teckel zegt:
Zielig v j.

Queen of Mystery zegt:
Heb j nog iets v Richter gehoord?

Teckel zegt:
Nee, h i uit.

Queen of Mystery zegt:
Alweer? Gistern had j h toch aangemaakt?

Teckel zegt:
Nee, dat was hij. Kom j nog langs?

Queen of Mystery zegt:
Misschien. Alsk me huiswerk af heb. Bye! LOL
(misschien verander ik me chatnaam. Deze past niet meer zo goed bij me. Wat vind j v: * Ik Ben Je BITCH

Niet? * J hoort h nog)
*-)

Toekie kende die smiley ook nog niet. Ze zocht hem op in Wouters chatlijstje en zag dat het betekende: ik moet nadenken. Ze sloot af. Terwijl ze naar beneden liep om een blikje cola uit de ijskast te pakken, dacht ze na over hoe Gwen was toen ze haar voor het eerst ontmoette: een punkmeisje, dat meestal helemaal in het zwart was gekleed en met een ring in haar neus dat met een kettinkje verbonden was met een ringetje in haar wenkbrauw. Daarna was ze in alle kledingstijlen verschenen die er te verzinnen waren: ze was kakker geweest, hiphopper en discodiva. Of iets wat een mengeling was van alles en nog wat.

Toekie baalde nog meer dan daarnet. Het was echt waar: niemand had tijd voor haar. Allemaal vonden ze dat ze iets belangrijkers te doen hadden.

Met het blikje cola in haar hand liep ze weer naar boven. Ze pakte haar lijstje met kledingstukken en besloot zich dan maar op haar nieuwe hobby te storten. Misschien moest ze beginnen met iets voor op haar hoofd. Ja, en het moest iets heel bijzonders worden.

In de gang was een kast waar Toekies moeder kleren bewaarde die niemand meer droeg: ski-jacks van toen Toekie en Kim klein waren, feestkleren uit het jaar nul, een zwart pak van haar vader dat hij op begrafenissen aandeed, maar dat nu veel te ouderwets was, een turkooizen baljurk van haar moeder die zo lelijk was dat zelfs de vuilnisman hem waarschijnlijk niet wilde meenemen en nog meer. Toekie trok de turkooizen jurk uit de kast en bekeek hem. Hmm! Misschien kon ze hem later wel vermaken tot iets leuks. In een grote tas zaten mutsen, wanten, sjaals en ook een paar vilten hoeden. Ze pakte een rode uit de tas, probeerde hem terug in model te duwen en zette hem op haar hoofd. In de badkamer bekeek ze zichzelf in de spiegel. Het stond gek, maar niet bijzonder. Er moest iets op. Ze zocht een schaar en knipte een strook tule van haar moeders baljurk. Die bond ze als een strik om de hoed. Ze keek weer in de spiegel. Ja, het begon ergens op te lijken. In een andere zak vond ze een kerstkrans. Toekie haalde de tule eraf en zette de krans op de hoed. Nu moest er nog versiering op. Ze zocht weer in de kast en vond een doosje dat van haar oma was geweest. Er zaten spulletjes in om mee te borduren: klosjes met prachtig gekleurd zijde: rood, blauw, zilver en goud. Ze dacht even na. Waarom maakte ze de klosjes niet in zijn geheel op de hoed vast? Ja, dat was nog eens bijzonder. Ze bekeek haar creatie. Wauw! Het stond waanzinnig! Het zonlicht viel op een leeg blikje cola op de grond. Toekie dacht even na. Er moest nog iets glinsterends op de hoed. Maar wat? Ze dook weer in de kast. Helemaal onderin vond ze een envelop met cd'tjes erin. Ze hield een cd'tje omhoog zodat het licht erin viel. Het glom mooi. Even dacht ze na over hoe ze zo'n cd in haar creatie kon verwerken. Toen maakte ze aan een paar cd's touwtjes vast en bond die vervolgens aan de hoed. Even later bekeek ze het resultaat. Als ze haar hoofd bewoog, wiebelden de cd'tjes mee. Het glinsterde mooi.

In een laatje vond ze een pluche beertje, een grote schelp, een paar nep gouden oorbellen en een slinger van plastic bloemen. Ze maakte alles op de hoed vast en zette hem op. Ze bekeek zichzelf weer in de spiegel. Daarna staarde ze een tijdje naar haar spiegelbeeld. Het leek net of ze met die hoed op iemand anders was geworden, een heel ander meisje. Een beetje mysterieus. Ja, het was precies wat ze wilde.

Toekie liep een tijdje rond met de hoed op en steeds als ze langs een spiegel kwam, bekeek ze zichzelf. Naarmate ze zichzelf vaker zag, werd het minder vreemd. Eerst was het een gigantisch bouwwerk dat ze op haar kop had, maar na een tijdje was het gewoon een hoed, weliswaar een grote, maar eigenlijk was er niks bijzonders aan het dragen van zoiets. Er waren genoeg gelegenheden waar mensen nog gekkere dingen op hun hoofd hadden: bij trouwerijen van de familie van de koningin bijvoorbeeld en op prinsjesdag. Op de televisie had ze gezien dat vrouwen in Engeland bij sommige paardenraces de meest gekke hoeden droegen. Dus zo vreemd was het niet. Ze besloot om maar eens een proefrondje in de buurt te maken en te kijken wat er gebeurde.

Meteen nadat ze het tuinhek uit was gelopen, kwam er een jongen van een jaar of veertien op een fiets langs. Hij had blond haar en een gele pet op die een beetje schuin op zijn hoofd stond. Hij gaapte haar aan. Toekie aarzelde of het niet beter was om de hoed toch af te zetten, want het was een leuke jongen om te zien en misschien dacht hij nu wel dat ze gek was of zo, toen ze zag dat hij bijna tegen een lantaarnpaal reed. 'Kijk uit!' riep ze.

De jongen schrok en begon te slingeren. Zijn fiets raakte een geparkeerde auto. Toekie hoorde het geluid van de trapper die langs de lak schuurde. De jongen verloor de macht over zijn fiets en viel op de grond. Kreunend bleef hij liggen.

Toekie rende naar hem toe en knielde naast hem neer. 'Heb je je pijn gedaan?'

'Nee,' zei de jongen. Maar met een van pijn vertrokken gezicht voelde hij voorzichtig aan zijn scheenbeen.

'Het bloedt!' Toekie wees op een bruinrode vlek op zijn spijkerbroek.

De jongen ging staan, maar zijn fiets was over hem heen gevallen, waardoor hij struikelde en weer viel.

'Wacht! Ik help je!' Toekie pakte de fiets en zette hem tegen een tuinhekje.

De jongen strompelde achter haar aan. 'Kom maar

hier met dat ding!' zei hij zogenaamd stoer. Hij wilde zijn fiets pakken.

'Zal ik even een pleister halen of zo? Ik woon daar!' Toekie wees naar haar huis aan de overkant van de straat. 'Kijk eens of het erg is.'

De jongen trok voorzichtig de linkerpijp van zijn broek omhoog. Er liep een straaltje bloed zijn sportschoen in. Iets hoger, midden op zijn scheenbeen, zat een lelijke gapende wond.

'Dat moet misschien gehecht worden,' zei Toekie. 'Woon je hier ver vandaan?'

De jongen noemde een straat die Toekie niet kende.

'Daar om de hoek woont onze huisarts,' zei Toekie. 'Zullen we er even langsgaan?'

De jongen aarzelde.

'Het is een heel aardige man, hoor. We kunnen vragen of hij even wil kijken of het ernstig is.'

'Het gaat wel,' zei de jongen, maar hij bekeek met een zorgelijk gezicht zijn been. 'Waar woont die man dan?'

Toekie wees naar de hoek van een straat aan de overkant. 'Het is vlakbij. Ik loop wel even mee. Zullen we je fiets laten staan?'

De jongen keek om. 'Hij hoeft niet op slot. Niemand wil dat ouwe wrak. Ik heb thuis nog een andere, hoor. Dat is een mountainbike, een hele dure.'

Toen ze samen overstaken, vroeg de jongen: 'Hoe heet je?'

'Toekie.'

'Is dat buitenlands of zo?'

Toekie schudde haar hoofd. 'Ik heet eigenlijk Therèse, Therèse Olga Esther Katherina om precies te zijn. De voorletters vormen de naam Toek en daar maakte mijn zus Toekie van. Nu heet ik zo. Het is beter dan Therèse, vind je niet?'

Milo was even stil. 'Mijn naam is Milo, dat is wel een buitenlandse naam. Ik heet naar mijn opa. Die heette eigenlijk Camiel. Hij is Frans.' Hij keek er trots bij.

Toekie wist er niks anders op te zeggen dan: 'Goh!'

Er kwamen twee meisjes op een fiets langs. Ze staarden naar Toekie.

'Waarom heb je die fruitmand op je kop?' vroeg Milo.

Toekie voelde dat ze een kleur kreeg. 'Eh... zomaar. Het... het is een soort experiment.'

Milo keek haar vragend aan.

Toekie voelde het bloed naar haar kop stromen. Ze pakte de hoed van haar hoofd. Het is een ontwerp, bedoel ik. Ik probeerde maar wat, hoor.' Ze voelde zich een beetje belachelijk. 'Het is voor school,' zei ze er gauw achteraan. 'We doen iets met modeontwerpen.'

'Ik vind hem best leuk,' zei Milo. 'Apart met die cd's. Maak je vaker van die dingen?'

Toekie wilde eerst 'ja' zeggen, maar ze schudde toch haar hoofd. Hè, waarom vroeg die jongen toch al die dingen? Ze wilde ook dat ze zich niet zo verlegen voelde. Gelukkig waren ze bij het huis van de dokter. Toekie belde aan.

Na een half uurtje stonden ze weer buiten. Milo had vier hechtingen in zijn been gekregen. 'Nou, dan ga ik maar. Ik moet opschieten want ik moet naar breakdanceles. Ik ga binnenkort optreden.' Hij wachtte even, maar Toekie wist niet wat ze er op moest zeggen. Ze wist niets van breakdansen.

Het leek erop of Milo nog iets wilde zeggen, maar toen stapte hij op zijn fiets en riep: 'Bedankt!'

Toekie keek hem even na. Ze wist niet goed wat ze van Milo moest denken. Het was een heel leuke jongen en hij was best aardig, maar er was ook iets raars aan hem. Hij deed steeds zo stoer en een beetje opschepperig. Nou ja, misschien deed hij zo om indruk op haar te maken. Ze draaide zich om en ging terug naar huis.

Binnen smeet ze de hoed op een stoel. Ze zag dat het lichtje van het antwoordapparaat knipperde. Ze drukte op het knopje en hoorde het eerste bericht. Het was van haar moeder, ze zei: 'Ik ben iets later thuis, lieverd. Want de klei is niet hard genoeg geworden in de oven. Nu moet alles over. Wil jij even een paar quiches uit de vriezer halen?'

Het volgende bericht was van Gwen. 'Kijk even op msn!'

Daarna was er nog een bericht. Het was weer Gwen. 'Waar zit je nou? Ik wil je iets laten zien.'

Het laatste bericht was ook van Gwen: 'Hé, suffe soepkip! Je ligt zeker te pitten!'

Toekie rende naar boven. Ze zag dat de computer nog aan was. Gwen was online. Ze klikte haar naam aan.

Teckel zegt:
Tis er?

* Ik Ben Je BITCH Niet * zegt:
Kijk o me webcam.

Toekie glimlachte om Gwens nieuwe chatnaam. Ze klikte het icoontje aan en zag Gwen. Ze hield haar mond dicht bij de camera.

Teckel zegt:
J hebt n beugel!

* Ik Ben Je BITCH NIET * zegt:
Wil j hem live zien?

Teckel zegt:
plzzz

* Ik Ben Je Bitch Niet * zegt:

Kom eraan. CU KuzZZ. J J J :-#

Het duurde nog een tijd voor de bel ging. Toekie had intussen de hele gangkast leeggehaald op zoek naar bruikbare kleren. Overal hingen en lagen stapels. Toekie paste alles. Toen ging de bel.

Gwen had een speldje in haar haar een brilletje op. Als ze Gwen niet was geweest, had het tuttig gestaan. Nu was het wel gaaf. Gwen droeg een kort spijkerrokje met plooien, zwarte netkousen, witte afgetrapte All Stars en een geruit bloesje dat tot het op een na bovenste knoopje dicht zat. Toekie dacht dat dit haar *stuudoutfit* moest zijn. 'Hi!' riep ze terwijl ze haar mond in een grimas trok.

'Gaaf, zeg!' riep Toekie.

'Hij is van mijn zusje, hoor. Maar hij past precies.' Gwen haalde de beugel uit haar mond en stopte hem in haar zak. 'Misschien doe ik hem morgen aan naar school. Zo'n ding past nu wel bij me, vind je niet? Stuuds hebben meestal van die dingen. Daarom heb ik ook een bril opgezet. Het is gewoon vensterglas, hoor.

Gwen wees op Toekies hoed die op de stoel lag. 'Wat is dat voor iets?'

Toekie zette de hoed op. 'Hoe vind je hem?' Ze lachte trots.

Gwen staarde haar aan.

'Ik heb hem zelf ontworpen.'

'Onwijs… eh… bijzonder wel.'

Toekie wenkte Gwen. 'Kom mee. Ik heb nog veel meer ideeën. Ik ga mijn identiteit veranderen.'

'Wat is er mis met deze?'

'Ik heb er geen. Dat is er mis. Kom! Dan laat ik je zien wat ik allemaal heb gevonden.' Boven liet Toekie haar moeders turkooizen baljurk zien. 'Belachelijk hè? Dat ze zoiets aan heeft gedaan. Ze zag er vast uit als een lampenkap.'

Gwen keek naar de hopen kleren. 'Weet je wat je moet doen? Je moet gaan redoe-en.'

'Hè?'

'Zo heet dat, geloof ik. Het betekent vermaken of zo.' Gwen pakte een donkerrode trui van Toekies vader. 'Weet je wat je bijvoorbeeld met dat ding kunt doen? Je moet hem heel heet wassen en daarna doe je hem in de droger. Dan gaat de wol vervilten. Daarna kun je er van alles van maken. Tassen, schoenen, rokjes. Je hoeft het niet eens om te zomen, want als het vervilt is, rafelt het niet meer.'

'Hoe weet je dat?'

'Van mijn buurvrouw, die is textielontwerpster. Nu werkt ze in een schoenenwinkel, want ze is werkeloos. Ze heeft me laten zien wat je allemaal met oude kleren kunt doen. Je moet gewoon rommelmarkten af gaan en zoeken. En dan vermaak je die kleren tot iets anders. Ik zal haar nog wat tips vragen. Hé, waar was je net? Ik heb je wel tien keer gebeld.'

Toekie vertelde wat er was gebeurd.

'Hoe heet die gozer?' vroeg Gwen, nadat Toekie Milo had beschreven.

'Milo!'

'Die ken ik! Die woont bij ons in de buurt. Hij woont in een pleeggezin.'

'Een pleeggezin?' herhaalde Toekie. 'Dat is toch voor verwaarloosde kinderen?'

Gwen knikte. Maar het kan, geloof ik, ook als je moeder ziek is en er verder niemand is om voor je te zorgen. Zo'n verhaal heb ik wel eens gelezen. Of misschien zijn zijn ouders wel dood. Zielig hè? Misschien is hij vondeling en dan vinden zijn ouders hem later en die blijken dan heel rijk te zijn. Of ze zijn een prins en een prinses… En dan trouw jij later met hem en dan word je ook prinses. Of…'

'Ja, dûh!' onderbrak Toekie haar. 'Je draaft weer lekker door. Jij met je fantasieën altijd.'

'Kan toch? Maar het is wel een hartstikke lekker ding. Dat is zeker. Hij staat altijd met zo'n groepje jongens bij het winkelcentrum. Daar worden ze soms weggejaagd, omdat de winkeliers klagen dat ze dingen beschadigen. Arend, mijn ex, je weet wel, die jongen die er zo gothic uitziet, staat er ook altijd. Ik weet precies waar Milo woont. In de Vlinderstraat. In dat huis met dat witte hekje waar al die fietsen in de voortuin staan. Hé, kaassoufflé! Wil je soms wat met hem? Ja, ik zie het. Je krijgt een rooie kop!'

'Wat?'

'Verkering, bedoel ik, duffe duif!'

Toekie schudde haar hoofd, maar ze wist niet goed hoe ze moest kijken. 'Echt niet! Ik ken hem niet eens!' Ze voelde haar wangen warm worden.

Gwen keek haar onderzoekend aan. 'Beken maar! Je trekt een scheve bek en dan weet ik dat je liegt. Was het liefde op het eerste gezicht? Had je het gevoel dat er een vonk overschoot?'

Toekie dacht even na en schudde haar hoofd. 'Geen vonken.'

'Een vreemd gevoel in je buik dan?'

Toekie schudde weer haar hoofd. 'Sta me niet zo aan te staren, met die koeienogen van je, inspecteur Beugelmans.'

'Ik zie het. Je bent verliefd. Zal ik zijn e-mailadres vragen als ik hem zie? Of zijn telefoonnummer? Of zal ik terloops vragen of hij jou ook leuk vindt?'

'Nee! Niet doen!' gilde Toekie. Ze schudde Gwen door elkaar. 'Ik vermoord je als je het doet.'

Gwen deinde als een lappenpop mee. 'Rustig maar! Ik geef me over. Ik doe niks.'

'Wat zullen we gaan doen?' vroeg Toekie.

Gwen keek op haar horloge. 'Shit. Ik moet weg! Iemand komt een boek van me lenen. Ik kwam alleen even die beugel laten zien.' Ze rende de trap af. 'Leuk die kleren! Misschien kom ik je helpen. Ik zal erover nadenken. Doei! Later!'

Toekie liep achter haar aan, maar voor ze beneden

was, was Gwen de voordeur al uit en trok hem achter zich dicht. Toekie staarde een moment naar de dichte deur. Balen dat Gwen weer weg was. Hield ze maar op met dat stomme leren. Wat was er nou aan om stuud te zijn?

Ze draaide zich om en keek de lege kamer rond. Het was zo stil in huis dat je het water in de radiatoren kon horen stromen. Ja, als ze goed luisterde, kon ze haar eigen hersenen horen kraken. Leuk! Maar niet heus. Ze zuchtte en sjokte de trap op om terug naar haar kamer te gaan.

Daar pakte ze Philippine onder de stapels kleren vandaan, ging op haar buik op bed liggen en begon te schrijven.

Lieve P.

Ik denk dat ik een pleeggezin ga zoeken. Eentje met een vader een moeder en heel veel broertjes en zusjes, zodat er altijd iemand thuis is om mee te praten. En dan liefst niet steeds over hetzelfde, zoals mijn vader doet. Hoe vind je een pleeggezin? Door een advertentie? Maar hoe weet je of die mensen aardig zijn? Ik bedoel; ze kunnen net dóen alsof ze aardig zijn als je ze voor het eerst ontmoet en dan na een tijdje heel streng of vervelend blijken te zijn. Misschien zijn het wel misdadigers, die je mishandelen, of ze verkopen je als kindslaaf.

Misschien eten ze wel heel vies. Mag je in zo'n geval terug naar huis? En mag je je eigen spullen meenemen? Ik zou mijn kamer

wel missen. En kun je je vrienden wel houden? Misschien woont
dat pleeggezin in een ander deel van het land! O nee! Dan zie ik
Wouter nooit meer, en Gwen en Angelina ook niet. Al is zij niet
eens mijn beste vriendin. Soms heb ik zo'n bui dat ik best met haar
kan lachen. Stel je voor dat ik alleen maar stomme kinderen
tegenkom als ik in een pleeggezin woon! Of dat die kinderen mij
niet zien staan. Of dat ze je pesten. Dat het van die etterbakkies
zijn!
Nee, ik doe het toch maar niet.
Denk je dat Milo (dat is een jongen die ik vandaag heb ontmoet)
het fijn vindt in zijn pleeggezin? Misschien mist hij zijn vader en
moeder wel heel erg. Of zijn vrienden. Of zijn huis. Of zijn dieren
(als hij die heeft). Misschien is hij erg eenzaam. Misschien wel
erger dan ik.

Toekie kauwde op het uiteinde van haar pen en dacht
aan Milo. Ze kreeg er een beetje een kriebelig gevoel
van in haar buik. Ze schreef:

Van mij mag Milo best bij mij langskomen als hij wil. Dan kunnen
we samen gezellige dingen doen: dvd'tje kijken of een beetje op
de computer spelen. Mijn moeder zou dat echt niet erg vinden.
Richter mocht ook altijd komen. En Wouter ook, al is dat anders,
want die ken ik al heel lang.

Toekie dacht weer even na. Ze schreef drie namen
onder elkaar:

- *Wouter = Beste vriend. Om mee te lachen en leuke dingen te doen. = Soort broer.*
- *Richter = Ex. Ziet er wel leuk uit, maar doet soms kinderachtig (wil steeds skateboarden = voor baby's). Kun je niet zo mee lachen als met Wouter. Ik vind hem ook niet meer zo leuk.*

Ze streepte Richters naam door.

- *Milo = Aardig, een beetje stoer, ziet er leuk uit, doet aan breakdance. Woont in pleeggezin.*

Bliep!
Er kwam iemand online. Het was Wouter. Toekie gooide haar pen neer en klikte zijn naam aan.

Teckel zegt:
Hoi

The Master of Disaster zegt:
Er is iets ergs gebeurd

Teckel zegt:
Wat?

The Master of Disaster zegt:
Er is n wiel v d caravan afgelopn. H hangt nu scheef. Er moet n takelwagn komn om hem eruit t ttrekkn. W zittn tijdelijk i n hotel.

Teckel zegt:
Waar?

The Master of Disaster zegt:
Wee-nie. I d buurt v Dassemus. I LOVE DASSEMUS!

Teckel zegt:
Hoelang blijf j daar?

The Master of Disaster zegt:
Wee-nie. Ankie zegt d w teruggaan als d caravan niet gmaakt kan wordn. Wat doe j? Nog nieuws?

Teckel zegt:
Nx + nx.

The Master of Disaster zegt:
Baluh. CU L8er!

Toekie sloot af. Ze miste Wouter. Vroeger had Wouter eens verkering met haar gevraagd. Het was eigenlijk bedoeld als een grap tijdens een toneelstuk op school waarin Wouter ridder was. Maar Gwen zei een keer dat ze dacht dat Wouter echt op haar was. Maar dat was wel een tijdje geleden. En Toekie vond het maar een rare gedachte, verkering met iemand die je heel je leven al kende. Wouter was net familie. En met je broer neem je toch ook geen verkering.

Toekie gooide haar dagboek dicht en slofte haar kamer uit. In de gang wierp ze een blik op de stapels kleren die er lagen. Ze had even geen zin in ontwerpen. Behalve dan misschien zo'n boerka om lekker in weg te kruipen. Ja, dat was het enige waar ze nog zin in had. Misschien kon ze een paar onwijs vette boerka's ontwerpen. Bijvoorbeeld, eentje die van achteren kort is en van voren lang. Of eentje met een gekke print of met een enorme split. Ja, sexy! En voor dat kijkgaatje voor je gezicht kun je vast ook wel wat leuks verzinnen. Iets als de voorkant van een motorhelm zou wel wat zijn. En waarom zou je niet een gek masker voor kunnen zetten? Nou ja, er was van alles te verzinnen.

Pas tegen zeven uur kwam Toekies moeder thuis. Ze smeet haar tas neer en trok haar jas uit. Toekie zag dat ze er een oud overhemd van haar vader onder had. Het zat vol met vlekken van het kleien. Ook 's nachts droeg Toekies moeder vaak zijn overhemden. 'Dan is het net of hij bij me is,' legde ze een keer uit, toen Toekie 's ochtend bij haar in bed was gekropen. Toekie herinnerde zich dat ze het zielig vond voor haar moeder en dat ze boos werd op haar vader en zich voornam hem dat de volgende keer te zeggen. Maar toen hij belde en hij weer hetzelfde rijtje vragen stelde, vergat ze het.

'Ik dacht dat er nooit een eind aan die cursus kwam,' zei haar moeder nu. 'Dat mens bleef maar zeuren dat ik dingen over moest doen. Alsof ik een klein kind ben! Een schaal hoeft toch niet per se rond te zijn? Ik bedoel: een beetje rond mag toch best? En ovaal kan toch ook? Of vierkant. Heb je die quiches nog uit de vriezer gehaald?'

Toekie, die op de bank naar de tv zat te kijken, sprong op. 'Vergeten!'

'Maakt ook niet uit. We gooien die dingen meteen in de oven!'

Ze liepen samen naar de keuken. Toekies moeder pakte de quiches en zette de oven aan. 'Ze zijn over twintig minuten klaar. Ik neem intussen even een douche. De klei zit achter m'n oren.'

Toekie hoorde haar moeder de trap oplopen. Tegelijkertijd bedacht ze dat ze de rommel nog had moeten opruimen. Te laat!

Er klonk een gil.

'Wat is hier gebeurd!' riep haar moeder van boven. 'Hebben we een inbreker gehad of zo?'

Toekie liep de trap op. 'Ik was het vergeten op te ruimen! Ik had kleren nodig voor mijn nieuwe hobby.' Ze vertelde haar moeder van het modeontwerpen. 'Wil je zien wat ik heb gemaakt?' Ze liep naar haar kamer, pakte de hoed en zette hem op.

Haar moeder staarde er een ogenblik naar. 'Hé, is dat niet die hoed die ik in Canada heb gekocht toen ik met je vader op reis was? Hij was heel duur. Ik kreeg er zelfs een speciale hoedendoos bij om hem mee in het vliegtuig te nemen. De stewardessen kwamen hem allemaal bewonderen.' Ze deed een stapje dichterbij om hem beter te kunnen bekijken. 'Het is hem!'

'Die hoed is al honderd jaar oud, mam. Bovendien heb je hem nooit op.'

'Wat heb je er in godsnaam allemaal op en aan gehangen?'

Toekie zette de hoed af, zodat haar moeder hem beter kon bekijken. 'Leuk hè? Ik ben er mee naar buiten geweest en er viel meteen een leuke jongen van zijn fiets.'

Toekies moeder lachte. 'Dat kan ik me voorstellen.' Ze keek naar de rommel in de gang. 'Wil je al die kleren gebruiken?'

Toekie knikte.

'Nou ja! Vooruit dan maar! De meeste kleren wilde ik eigenlijk toch al wegdoen. Maar ruim het nu wel even op. Ik breek mijn nek er nog over.'

Terwijl haar moeder stond te douchen, propte Toekie de kleren terug in de tassen en in de kast. Ze trok een jurk met groene bloemetjes van haar moeder uit een tas, omdat ze dacht dat ze die morgen misschien wel aan kon doen. Het kostte nog even moeite om de deur van de kast dicht te krijgen, maar door ertegenaan te duwen, lukte het uiteindelijk om de sleutel om te draaien.

De volgende dag trok Toekie eerst een T-shirt en een spijkerbroek aan en daarover de groene bloemetjesjurk.

Ze bekeek zichzelf in de spiegel. De jurk was nogal lang, je zag nauwelijks haar voeten. Ze pakte een schaar, knipte de zoom een stuk in en scheurde toen een reep stof van de onderkant af. Ze bekeek zichzelf weer. Het had nog iets extra's nodig. Ze knipte de voorkant vanaf de hals ook in en scheurde de rest open tot halverwege haar borst. Daarna trok ze de jurk naar één kant zodat haar schouder zichtbaar werd. Mooi! Het was 'wakkie', zou Wouter, die altijd nieuwe woorden verzon, kunnen zeggen. Tevreden liep ze naar beneden.

'Je lijkt wel zo'n Arabisch meisje met die jurk over je broek,' zei haar moeder toen ze de keuken in kwam lopen. 'Een hoofddoek erbij en ze denken dat je een moslim bent.' Ze wees naar de scheur. 'Eentje die maar net aan achtervolgers ontsnapt is dan. Met die scheuren,' verduidelijkte ze, toen ze merkte dat Toekie haar niet begreep.

'Misschien word ik wel moslim,' zei Toekie terwijl ze een pak melk uit de koelkast pakte. 'Dan doe ik er wel een supergave hoofddoek bij om. Met gekke prints erop bijvoorbeeld of met een tekst, zoals: I LOVE EVERYBODY! Ik verzin wel iets vredelievends.'

'Mij best.'

'Ik doe het alleen om de mode, hoor.'

'Mij best,' zei haar moeder weer.

Toekie pakte een banaan en een mandarijn van de fruitschaal en stopte die in haar tas. Ze trok de koel-

kast open, keek erin en draaide zich naar haar moeder om. 'Heb je geen sapjes gekocht?'

Toekies moeder schudde haar hoofd. 'Ik heb gewoon geen tijd. Misschien stop ik met die cursus.'

'En dan?'

'Dan wat?'

'Je wilt toch weten of je creatief talent hebt?'

Toekies moeder plofte op een stoel. 'Misschien is het te laat om het naar boven te laten komen. Als mijn ouders mij gewoon hadden laten doen wat ik wilde, was ik waarschijnlijk kunstenaar geworden, in plaats van secretaresse van de volleybalvereniging. Maar ja, dan had ik je vader niet ontmoet.' Ze keek even dromerig voor zich uit. 'Ik had gewoon net als jij mijn creativiteit moeten kunnen uiten. Dat is denk ik mijn probleem. Ik zit boordevol creativiteit die er niet uit kan.' Ze zuchtte. 'Misschien word ik dan maar moeder.'

'Dat ben je al, mam. Je doet er alleen niets mee. Een moeder moet thuis zijn als haar kind uit school komt.'

Haar moeder keek Toekie aan. 'Maar je bent er zelf nooit. Je belt altijd dat je met iemand anders mee naar huis gaat of je rent na tien minuten al weer het huis uit.'

'Omdat ik dan iets te doen heb, mam!' riep Toekie.

'Ja, an me hoela zeg! En dan zit ik hier vervolgens weer in m'n uppie.'

'Maar ik kan toch elk moment weer terugkomen!' riep Toekie.

'Dat gebeurt nooit.'

'Wel. Gisteren was ik ook thuis en eergisteren en eer-eergisteren en vandaag ook want ik heb toch niemand om naar toe te gaan. Helemaal niemand.'

'Ik zorg wel dat ik op tijd terug ben.' Toekies moeder gaf haar dochter een kus.

'Veel plezier met kleien, mam! Misschien lukt het vandaag wel. Van mij hoef je geen ronde schaal te maken. Leef je maar lekker uit!' Ze deed de achterdeur open om haar fiets uit het schuurtje te pakken. 'Doei!'

'Doei!' hoorde ze haar moeder zeggen. Het klonk een beetje moedeloos, maar toen Toekie omkeek, zag ze dat haar moeder de keukendeur al dicht had gedaan. Pffft! Moeders! Ze begrepen ook niks.

Op het schoolplein zag Toekie Angelina en haar vriendinnen staan. Ze waren bijna allemaal een kloon van Angelina met hetzelfde discodiva-haar en discodiva-kleren. Ze stonden te oefenen voor cheergirls waar ze op initiatief van Angelina pas mee waren begonnen. Je kon het zo gek niet bedenken of Angelina vond aanleiding om als cheergirls op te treden: als het groepje vrienden waar ze bij hoorde een spelletje voetbal aan het spelen was, als er iemand jarig was of omdat ze zomaar iemand wilde toejuichen. Maar allemaal omdat zijzelf wilde opvallen, dacht Toekie.

De girls maakten danspasjes en zwaaiden met rode pompons die ze in hun handen hadden. Toen Toekie dichterbij kwam, hoorde ze dat ze zongen: 'Viva! Viva Varia! Viva! Viva Varia…! Wij zijn de girlzz van de Variaschool en jij bent ons idool!' Ze gooiden hun handen in de lucht en riepen 'Yeah!'

'Nee! Niet goed!' riep Angelina streng. 'Het moet over. Kijk naar mij!' Ze maakte in haar eentje een dansje.

De meisjes deden het braaf na. Steeds vond Angelina dat er iets niet goed was. Op het laatst zwaaide ze woest met een van haar rode pompons. 'Ook als je zingt, moet je blijven lachen. Kijk zo! Viva! Viva Varia…!' Ze lachte met haar meest verleidelijke lach. Toen ze Toekie zag, stopte ze met zingen en riep met haar lijzige stem: 'Hai Toek! Heb je zin om mee te doen? We oefenen voor bij een voetbalwedstrijd zaterdag! Weet je wie we gaan aanmoedigen?'

Toekie schudde haar hoofd. Ze begreep nog steeds niet waarom ze opeens in de gratie was gekomen bij Angelina, die haar vorig jaar niet eens zag staan. Waarschijnlijk omdat ze verkering had gehad met Richter, die de leukste jongen van de school was.

'Richter!' riep Angelina.

De geiten gilden en trappelden met hun hoefjes alsof het om een popster ging.

'Richter?' herhaalde Toekie, al was ze niet echt verbaasd. Maar waarom moest Angelina nou weer achter hem aanlopen? Die gast ging écht denken dat hij geweldig was.

Angelina knikte. 'Onze school gaat vast winnen. Dan zijn we kampioen.'

'Kampioen waarvan?'

'Van… van alle scholen, denk ik. Weet ik veel. Maakt me niet uit. Als we maar winnen. Doe je mee?'

Ze maakte een huppeltje.

'Nee, geen tijd!' Toekie moest er niet aan dénken om temidden van zo'n geitenkolonie met een paar pompons te staan zwaaien. Zeker niet voor Richter. Die kon voorlopig de pot op.

Het leek of het Angelina nu pas opviel wat Toekie aanhad. Ze bekeek haar langzaam van boven naar beneden. 'Wat zijn dát nou voor kleren?'

De geiten, die altijd alles nadeden van Angelina, keken ook.

Toekie had zin om hard weg te rennen.

Angelina wees naar Toekies jurk. 'Dat ding! Die jurk is zó ouderwets. En hij is toch veel te groot? En er zitten scheuren in ook. Heb je dat ding uit de vuilnisbak gevist of zo? Zoiets kun je echt niet aan hoor, Toek.' Ze schudde meewarig haar hoofd.

Een van de geiten deed een stapje naar voren. 'Sorry dat ik het zeg. Maar het is wel een beetje in, Angelina. Ouderwetse kleren, bedoel ik. En dan moet je er, net als Toekie, scheuren in maken. Of iets doen met veiligheidsspelden. Of met iets anders. Dat noem je opleuken. Mijn nichtje had laatst ook zo'n ouwetutten-jurk aan en daar had ze een paar bretels van haar vader aan vastgemaakt en hem daarmee korter gemaakt. Het stond onwijs gaaf. En haar moeder werkt bij de televisie,' riep ze erachteraan. Ze zwiepte haar haren naar achteren en stapte weer terug naar haar plaats. Dat van die televisie was vast bedoeld om Angelina, die niets liever wilde dan beroemd worden, te overtuigen. Het werkte, want ze riep: 'De televisie! Echt? Welk programma dan?'

'Ik geloof dat ze iets met Idols te maken heeft.'

Angelina was even stil. Terwijl ze met haar vingers haar haren naar achteren kamde, zei ze: 'O, nou. In dat geval. Mijn moeder heeft op zolder kasten vol met oude kleren. Dan ga ik ook maar eens kijken. Ik denk alleen niet dat het past, maar want mijn moeder heeft een veel grotere maat dan ik.' Ze keek naar een meisje uit het groepje, dat nogal dik was. 'Hé, ik heb een idee! Zullen we een kledingruilbeurs organiseren? Als iedereen van alles meeneemt, kunnen we misschien ruilen. Of we kunnen combineren. Dan zorgen we gewoon voor een nieuwe modetrend. En dan noemen we het *Pimp jezelf!* Wat vinden jullie?' Ze klapte enthousiast in haar handen en wachtte niet op antwoord. 'Ja, dat doen! Kunnen we onwijs vet coole combinaties maken!'

Alsof Angelina een sein had gegeven, klapte de hele geitenkolonie mee. 'Ja! Ja! Goed idee!' juichten ze enthousiast.

Een meisje met een donkere paardenstaart, dat pas tot Angelina's selecte gezelschap had mogen toetreden, zwaaide met haar pompons, maakte een paar danspasjes en zong: 'Viva! Viva Varia! Viva! Viva Varia! Wij zijn de girlzz van de Variaschool en Angelina is ons idool! Yeah!' De anderen vielen meteen bij en zongen Angelina wel tot drie keer toe. Iedereen op het schoolplein keek om. Toekie wilde er eigenlijk niet bij staan. Ze baalde ook dat Angelina haar idee had gepikt en ook net deed of ze het zelf had verzonnen. Maar ze zei er maar niks van. Stel je voor dat de geiten voor háár gingen staan zingen! Dan zou ze helemaal door de grond gaan van schaamte.

Angelina wreef lachend haar pompons om Toekies oren. 'Je hebt ons op een supergoed idee gebracht. Het wordt onwijs! Super! Vet cool!' Ze hield plotseling op met springen. 'De jongens mogen ook meedoen. Kunnen we lachen. O, jammer dat Wouter er niet bij kan zijn. Hij doet altijd zo achterlijk. Ik lach me helemaal dood om hem.'

'Ja, hij is cool!' riep het meisje dat er bijna hetzelfde uitzag als Angelina.

'Niet cool!' zei Angelina streng. 'Hij is wel een stuud, hoor.'

Het meisje knikte gehoorzaam.

'Nee, hij is niet icmand om verkering mee te hebben,' zei het meisje met de donkere paardenstaart. 'Maar je kunt wel met hem lachen en hij is ook leuk om mee te praten.' Ze keek naar Angelina voor goedkeuring.

Die knikte. 'Zoiets, ja!'

Toekie had geen zin om langer te luisteren naar die discussie of Wouter wel of niet cool was. 'Ik ga naar binnen,' zei ze. 'Het is tijd.' De hele weg naar de ingang hoorde ze de geiten achter haar giechelen en kirren. Het klonk misschien raar maar ze was voor een keer blij dat ze eindelijk in de klas zat. Daar was het tenminste rustig.

Ze hadden het eerste uur geschiedenis en meneer Batelaar was gelukkig streng en zei meteen toen de geitenkolonie binnenmekkerde: 'Als één van jullie tijdens mijn les een kik geeft, hoef ik hem de rest van het jaar niet te zien. Begrepen?' Dat hielp.

'Ja, meneer Batelaar!' riepen ze. Toekie had kunnen zweren dat ze riepen: 'Meneer Balenmaar', maar zeker wist ze het niet. De geitjes hielden hun lipjes daarna stijf op elkaar. Toekie zag wel dat ze stiekem briefjes aan elkaar doorgaven. Een minuut zonder te communiceren, is een minuut niet geleefd, dachten ze misschien.

De schooldag kroop als een hoogbejaarde slak voorbij. Toekie kon er haar aandacht echt niet bij houden. Na de geschiedenisles van meneer Balenmaar begon Angelina meteen met het organiseren van de pimpjezelfdag. Toekie keek van een afstandje toe hoe ze probeerde om iedereen enthousiast te maken. 'Het wordt onwijs leuk!' zei ze tegen een meisje met een bril, dat er zo te zien niet zo veel zin in had. 'Echt! Je moet meedoen. Je moeder heeft vast wel kleren die ze niet meer draagt.'

'Mijn moeder is dood,' zei het meisje.

Angelina schrok even en zei toen: 'O, nou! Laat dan maar!' Ze rende meteen weg.

'Ze is helemaal niet dood,' fluisterde het meisje tegen haar vriendin. 'Maar ik kon zo gauw geen ander smoesje verzinnen.'

'Het hielp wel,' zei haar vriendin terwijl ze giechelend de andere kant op liepen.

Nadat ze in de middagpauze aan één stuk door hadden staan zingen: Viva! Viva Varia! Viva! Viva Varia! Wij zijn de girlzzz van de Variaschool! Pimp jezelf en wordt ons idool! Yeah!' kregen een paar jongens er natuurlijk zin in. Die dachten vast: dit is mijn kans! Ook Richter zei dat hij het een goed idee vond, zeker toen de geiten hem begonnen toe te juichen. En daardoor vonden ook een heleboel andere meisjes de pimpjezelfdag leuk. Of misschien omdat ze bang waren dat ze niet bij een groep hoorden.

Van een afstandje keek Toekie hoe Richter zich door de girlzz liet bewonderen en besloot op dat moment dat het deze keer voorgoed uit was. Licht op groen dus!

Een paar keer wees Angelina naar Toekie en riep dan: 'Kijk! Zoals zij heeft gedaan!'

Toekie wist niet goed wat ze van alles moest vinden. Angelina was er met haar idee vandoor gegaan, daar baalde ze een beetje van. Maar aan de andere kant voelde het ook best fijn dat ze als voorbeeld werd aangewezen. Angelina was hartstikke populair en Toekie leek in één klap even geliefd. Aan de andere kant was dat ook weer een twijfelachtige positie, omdat Toekie zich afvroeg of ze nu ook tot de geitenkolonie werd gerekend.

Toen ze Angelina na school tegen twee meisjes hoorde zeggen: 'Anders helpt Toekie jullie wel! Hé Toek! Kom eens!' pakte ze gauw haar fiets en ging ervandoor. Angelina gilde nog: 'Toek! Stop!' Maar ze deed net of ze het niet hoorde.

Onderweg keek ze een paar keer om en reed daardoor bijna Milo aan. Het was eigenlijk zijn eigen schuld, want net toen ze hem wilde passeren, wilde hij juist zonder om te kijken links afslaan. 'Hé, uilskuiken! Uitkijken!' riep ze boos.

Milo keek geschrokken en begon als een gek te slingeren. Hij reed bijna weer tegen een auto.

Toekie schrok ook toen ze ontdekte wie het was en begon van de zenuwen te giechelen. Ze sloeg haar hand voor haar mond, wat nog stommer stond en waardoor ze zelf ook bijna van haar fiets viel.

'O, ben jij het!' zei Milo.

Toekie lachte. 'Steeds als ik je tegenkom, rijd je jezelf bijna dood.'

'Echt niet!' zei Milo. Hij keek stoer.

'Sorry, ik had haast,' zei Toekie. Ze keek om of Angelina haar niet toch achterna was gekomen.

'Word je achtervolgd of zo?'

Toekie schudde haar hoofd en vertelde in het kort dat ze op de vlucht was voor Angelina en de pimp-jezelfdag.

Milo knikte. 'Is dat net zoiets als *Pimp My Ride* op MTV?' Aan zijn gezicht te zien, vond hij het een stom idee, maar hij zei: 'Bij ons in de buurt staat een grote container waar je oude kleren in kunt doen. Die zijn eigenlijk voor een goed doel. Maar ik zie vaak mensen die de zakken eruit halen en doorzoeken op bruikbare kleren. Die nemen ze dan mee. Als je daar gaat kijken, vind je vast wat leuks.'

Toekie trok een vies gezicht. 'Getver nee, zeg! Ik ga echt niet tussen die ouwe rommel van andere mensen zoeken. Het hoeft trouwens niet. Mijn moeder heeft genoeg oude kleren. En ik weet niet eens of ik mee ga doen. De meisjes die het organiseren zijn een beetje stom.'

Milo liet zich blijkbaar niet zo gemakkelijk van zijn idee afbrengen. 'Ik wil best helpen met zoeken als je het soms eng vindt. Dan ga ik wel op de uitkijk staan.'

Toekie aarzelde. Als ze nu nee zei, had ze geen reden om langer te blijven staan. En ze vond Milo toch wel leuk.

'Je vindt er soms bijzondere kleren tussen, hoor,' zei Milo. 'Mijn zus heeft er laatst een rok van een bekende ontwerper uit gehaald. Hij was bijna nieuw. Ze heeft hem voor heel veel geld verkocht. En een keer vond ze een hoed. Ook van een bekend merk.' Hij wachtte even om te zien of hij daarmee Toekies aandacht had getrokken. 'Het is echt niet eng, hoor. Je kunt het best doen. Die container staat helemaal niet in het zicht. Je kunt er zo een paar zakken uit halen en ze dan op je gemak tussen de struiken erachter doorzoeken. Of je vindt iets dat je met iemand anders kunt ruilen. Of verkopen. Als er niks tussen zit, gooi je alles gewoon weer terug.'

Toekie luisterde maar half. Ze dacht aan wat hij zojuist zei, dat hij een zus had. Woonde die ook in dat pleeggezin? Dat was in ieder geval gezelliger dan wanneer hij in z'n eentje tussen allemaal vreemde mensen zat.

'Nou, doe je het?' hield Milo aan.

'Um…,' begon Toekie. Thuis zou ze zich toch maar weer zitten vervelen. 'Oké! Ik kan altijd even kijken.'

'Hoe is het om in een pleeggezin te wonen?' vroeg Toekie toen ze samen verder fietsten.

'Geen idee. Hoezo? Moet jij naar een pleeggezin?'

'Nee. Jij toch?'

Milo keek verbaasd.

Toekie kreeg een rode kop. Die stomme Gwen ook! Die verzon maar wat! Gauw zei ze: 'Het lijkt me namelijk best gezellig, zo'n pleeggezin.'

'Mij niet. Nóg meer mensen om je heen zeker? Ik heb vijf zussen en twee broertjes. Weet je hoe gek je daarvan wordt?'

Toekie schudde haar hoofd. Ze dacht: daardoor had Gwen vast gedacht dat er in Milo's huis een pleeggezin woonde. Door de vele fietsen in de voortuin van al die kinderen die er woonden.

'Heel gek! Met hoeveel zijn jullie thuis?'

Toekie dacht na. Telde Kim mee? Ze woonde nu eigenlijk in Amsterdam. En moest je een vader meetellen die er ook bijna nooit was? Haar moeder was de laatste tijd ook altijd weg. Tel je mee als je ergens woont, maar er niet bepaald vaak bent? Zelf was ze er nu ook niet. Eigenlijk waren ze dus met nul. 'Met z'n vieren,' zei ze maar gauw.

Milo wees naar rechts. 'We moeten daarheen. Zie je die gele hokjes staan? Daar is het.'

Ze parkeerden hun fiets aan de achterkant van twee grote containers, die een beetje op houten strandhokjes leken. Bovenin zat een klep die je naar beneden kon trekken. Daar moest je je zak met kleren op leggen en dan de klep weer naar boven duwen, waarna de zak in de container viel.

Toekie staarde naar boven. 'Hoe kom je nou bij die kleren?'

'Gewoon. Klimmen! Je trekt de klep naar beneden en dan kun je een zak pakken.'

'Ik?' riep Toekie.

Milo knikte. 'Ik help je wel. Je kunt op mijn handen staan.' Hij hield ze gevouwen voor zich. 'Anders moet jij mij houden en dat is misschien te zwaar.'

Toekie aarzelde. Ze keek om zich heen. De container stond verscholen tussen wat struiken, maar als er iemand door de straat kwam, zou hij hen zo bezig zien. En het was vast verboden om kleren te pakken die andere mensen voor een goed doel hadden weggedaan.

Milo zag blijkbaar haar aarzeling. 'Ik let wel op of er iemand aan komt, hoor. Het gaat echt. Mijn zus doet het ook zo.' Hij ging met zijn rug tegen de container staan.

Toekie trok haar jurk een stuk omhoog en zette haar voet op Milo's gevouwen handen. Ze haalde hem er meteen weer af. 'Wacht! Ik doe mijn schoenen uit.' Even later stond ze te wankelen op Milo's handen. Ze trok de klep naar beneden, hees zich omhoog en keek in de container. Hij was maar half gevuld, voornamelijk met vuilniszakken. De container rook muf. Ze strekte haar arm om de bovenste zak te pakken. Ze haalde het nét niet.

'Gaat het?' riep Milo.

'Nee, ik kan er niet bij.' Ze rekte zich nog verder uit.

Milo duwde haar een stukje hoger. Toekie probeerde haar knie op de rand van het kiepgat te zetten om meer houvast te krijgen. Ze had de zak bijna te pakken, maar hij rolde om. Ze probeerde hem te grijpen.

'Heb je hem?' riep Milo.

Toekie hoorde hem kreunen onder haar gewicht. 'Wacht even! Ik hou het haast niet meer!' riep Milo. Maar toen was het al te laat. Door het gewiebel van Milo, gleed Toekies voet van zijn hand. Toekie probeerde zich vast te grijpen aan de rand van het kiepgat, maar ze had te weinig houvast en gleed zó voorover de container in. 'Help!' riep ze, terwijl ze in het rond graaide om ergens houvast te krijgen, maar waardoor ze zich juist tussen de zakken begroef. Ze dacht dat ze zou stikken toen ze met haar mond tegen een plastic zak kwam. Met moeite trok ze haar hoofd naar achteren en schreeuwde in doodsnood: 'Help!'

Ze voelde dat Milo haar bij haar voeten vastgreep en aan haar begon te trekken. De rand van het kiepgat schuurde langs haar buik. Ze maaide met haar armen in het rond in de hoop iets vast te kunnen grijpen, waardoor ze zich omhoog kon hijsen. Intussen bleef Milo maar aan haar voeten trekken. Eindelijk had ze de rand van het kiepgat vast. Met een enorme inspanning wist ze zich tussen de zakken uit omhoog te hijsen.

'Laat je maar zakken!' riep Milo. 'Ik heb je vast. Ja, nog een stukkie! En nu springen!'

Toekie liet de rand los. Het was hoger dan ze had verwacht. Ze kwam hard op de grond terecht en viel achterover. Haar hoofd kwam tegen iets hards aan. Ze bleef even stil liggen. 'Au! Me kop!' Langzaam kwam ze overeind, terwijl ze met haar hand over haar achterhoofd wreef. 'Au!'

Milo stond er een beetje onnozel bij te kijken.

'Ik dacht even dat ik ging stikken met mijn kop tussen die plastic zakken.'

'Zal ik het proberen?' vroeg Milo.

'Kwee-nie, hoor,' zei Toekie. 'Het rook erg vies. Laat maar zitten, joh!'

Maar Milo was al naar de achterkant van de container gelopen en kwam terug met zijn fiets. Hij zette hem tegen de voorkant, klom erop en hees zich naar boven. Zijn voeten spartelden in de lucht. Toekie wilde hem te hulp schieten, maar ze zag dat hij zijn voeten al weer op de fiets zetten. Even later sprong hij met de zak in zijn hand op de grond en zei trots: 'Een makkie! Kom mee! Dan kunnen we daarachter even rustig kijken of er iets in zit.'

Achter de container maakte Milo de zak open. Er zat niet veel soeps in: kinderkleren, een paar herenschoenen, een schort dat vol vlekken zat en een stelletje uitgelubberde T-shirts.

Toekie haalde haar neus op. 'Die dingen hoef ik niet.'

Milo maakte de zak dicht. 'Ik pak wel een andere.'

Toekie hield hem tegen. 'Nee, laat maar, joh! Mijn moeder heeft echt genoeg kleren.'

'Maar er zit vast wel wat bijzonders tussen. Mensen gooien de mooiste dingen weg. Soms zijn de kleren helemaal nieuw.'

'Ik heb het niet nodig.'

'Ik kijk nog één keer.' Milo liep alweer naar de voorkant van de container.

Waarom drong hij zo aan? Toekie had helemaal geen zin meer om te blijven en tussen die vieze vodden te zoeken. En zat natuurlijk niks moois tussen. Dat had Milo vast verzonnen om haar hiernaartoe te krijgen. Ze begon zich een beetje te ergeren aan zijn manier van doen.

'Wacht!' Ze liep achter hem aan. Ik moet echt naar huis. Ik wist niet dat het al zo laat was. Mijn moeder kan elk moment thuiskomen. Als ik er niet ben, gaat ze zich onwijs zorgen maken. Dan denkt ze dat ik ontvoerd ben of zo. Je weet wel hoe stom ouders soms kunnen doen.'

Milo haalde een mobieltje uit zijn zak en hield die Toekie voor. 'Je mag wel bellen, hoor.'

Toekie schudde haar hoofd. 'Mijn moeder wil echt dat ik na school eerst naar huis kom. En ik moet ook huiswerk doen.' Ze dacht aan Gwen. 'Ik heb een proefwerk aardrijkskunde.'

Milo leek even na te denken hoe hij Toekie kon overhalen om toch te blijven. Ze wachtte niet en liep al terug naar haar fiets.

Milo kwam achter haar aan en hield haar tegen. 'Ik weet een winkel met tweedehands kleren. Daar moet je gaan kijken! Ze hebben echt vet coole kleren daar.'

Toekie schudde haar hoofd. Ze probeerde zich los te trekken, maar Milo hield haar stevig bij haar arm vast.

Het deed een beetje pijn. Toekie schrok van de blik in zijn ogen waarmee hij haar doordringend aankeek.

'Ik moet echt gaan. Ik heb trouwens geen geld bij me. En mijn moeder vindt het echt niet goed dat ik geld uitgeef aan dat soort kleren als ze zelf genoeg heeft.'

Milo liet haar los. Zijn gezicht betrok. Toekie keek hem gespannen aan. Opeens gaf hij een trap tegen een graspol. De kluiten vlogen door de lucht.

Toekie schrok weer. 'Hé, joh! Doe normaal!'

'Maakt toch niet uit? Het is maar gras.' Milo pakte zijn fiets. 'Zal ik morgen met je meegaan om kleren te zoeken?'

Toekie pakte ook gauw haar fiets. Ze wilde eigenlijk hard wegfietsen. 'Ik weet nog niet. Misschien.'

'Hoe laat kom je uit school?'

'Wee-nie precies. Kwart over drie, geloof ik. Maar misschien hebben we het laatste uur vrij, want er is een leraar ziek en dan schuift alles op.'

'Je kunt me bellen!' Milo hield zijn mobieltje op.

Toekie knikte.

'Schrijf mijn nummer dan op.'

Toekie pakte haar agenda en schreef het op. Milo's gezicht ontspande.

'Ik moet nu echt gaan,' zei Toekie. Ze stapte op haar fiets en reed weg. Milo reed achter haar aan.

Toekie was opgelucht toen ze op een drukke straat reden. Ze trapte hard door. Milo fietste naast haar.

'Mijn vader heeft drie auto's,' begon hij na vijf minuten.

'Leuk!'

'Een jaguar en een oldtimer en een gewone auto. Daar rijdt hij mee naar zijn werk.'

Het kon Toekie niets schelen. Auto's zeiden haar niets.

'Die oldtimer is heel kostbaar. Hij heeft hem bij een boer in Frankrijk gevonden. Hij zat helemaal onder de kippenstront. Die boer dacht dat hij niks waard was. Mijn vader heeft hem opgeknapt en nu kan hij er heel veel geld voor krijgen.'

'Leuk!' Toekie fietste hard door. Ze had eigenlijk niet meer zo'n zin om met Milo te praten. Hij was een beetje een opschepper, vond ze. En ze vond hem ook drammerig. Ze waren gelukkig vlak bij haar huis.

'Heb je een e-mailadres?' vroeg Milo toen ze haar straat inreden.

Toekie aarzelde.

Milo vertelde dat van hem. Hij herhaalde het nog een keer langzaam.

Toekie kon niet anders dan het hare ook geven. Toen ze voor haar huis stopte, zei Milo: 'Wacht even! Dan schrijf ik het op.' Hij pakte zijn tas, haalde er een schrift uit, schreef het adres op en liet het haar zien. 'Zo?'

Toekie knikte.

'Ik mail je! En dan zie ik je morgen!' Hij fietste weg.

Toekie keek hem even na. Ze was opgelucht toen hij uit het zicht verdwenen was.

Thuis gooide Toekie haar tas in de gang. 'Joehoe!' riep ze, hoewel ze eigenlijk al gemerkt had dat er niemand thuis was, want nergens brandde licht en het was koud in huis. Ze liep naar de keuken. Het lichtje van het antwoordapparaat knipperde. Zo te zien waren er drie berichten. Toekie drukte op het knopje om de berichten af te luisteren.

Het eerste was van haar moeder: 'Ik kom eraan, hoor, schat! Ik hou het kort, de batterij van mijn telefoon is bijna leeg.' Het antwoordapparaat zei dat het bericht van anderhalf uur geleden was.

Het tweede bericht was van Angelina. 'Hi Toek! Wouter komt terug!' Het gegil dat volgde van haar en de andere geiten deed pijn aan Toekies oren. 'Ik zit op msn! Kijk even als je thuis bent!' Toen volgde er weer een lied: 'Viva! Viva Varia...' Gelukkig werd de verbinding snel verbroken.

Het derde bericht was van Wouter: 'Ik kom terug. We zijn onderweg. See you tonight. Hoop ik, want Ankie rijdt als een natte krant. Au! Niet doen! Het was maar een grapje! Au!'
    Toekie glimlachte. Blijkbaar kreeg Wouter van Ankie een klap of zo. Toekies humeur was opeens een stuk beter nu ze wist dat Wouter terugkwam. Ze rende naar boven en zette de computer aan.

Angelina was de enige die online was. Toekie klikte haar naam aan.

Teckel zegt:
Hi!

Pumpkin Baby (Angelina's chatnaam) zegt:
Keb nog e idee voor d pimp-jezelfdag. Wil j h weten?'

Teckel zegt:
Kbrand v nieuwsgierheid

Pumpkin Baby zegt:
Levend standbeeld.

Teckel zegt:
Wat is dat?

Pumpkin Baby zegt:
Das geen echt standbeeld, maar e levend mens dat net doet alsof h v steen is. Dan moet j heel stil staan. Snappie?

Teckel zegt:
Nup

Pumpkin Baby zegt:
Dat wordt ook e onderdeel v d pimp-jezelfdag. Als j

vindt d j er heel tof uitziet, kun j jezelf tentoonstelln. Leuk toch?

Toekie vond er niet veel aan. Wat had je eraan om een hele tijd doodstil te staan en net te doen of je van steen was? Maar Angelina had er blijkbaar een ander idee over, want ze schreef:

Pumpkin Baby zegt:
Ben j r nog? J kan er een bakkie bij zetten voor geld.
Tof toch? Wil j h doen?

Teckel zegt:
No. Thnx!

Pumpkin Baby zegt:
OK. Kvraag een ander. Ga nu kleren bij elkaar zoekn.
Wie was die gozer m dat gele petje?

Toekie dacht: Angelina was me dus toch achterna gekomen.

Teckel zegt:
Niemand bijzonders. Doeg! Kga eten.

Pumpkin Baby zegt:
OK.CU. Kizzies frum the Varia girlzzzz. Yeah!

Toekie sloot af. Er waren verder geen berichten. Wouter kon pas weer internetten als hij thuis was. Ze was onwijs blij om hem weer te zien. Eindelijk weer een normaal iemand om mee te praten!

Ze pakte Philippine van haar bed, kloof eerst een tijdje op haar pen en schreef toen:

Dear P.

Angelina is met mijn idee aan de haal gegaan. Ik weet nu niet of ik nog zin heb om modeontwerpster te worden. Ik heb wel een nieuwe trend ontketend: pimpen. Pimp-jezelf om precies te zijn. Door mijn nieuwe identiteit val ik opeens op school op. Ik maak ook een hoop mee: vandaag ben ik bijna in een container met zakken oude kleren gestikt. Milo heeft me gered.

Het is wel een leuke jongen, maar hij is ook vreemd. Ik werd op het laatst een beetje bang van hem. Gek hè? Ik weet niet waar het aan ligt dat ik hem vreemd vind, want hij leek eerst zo aardig en hij is dat ook wel, want hij wil mij helpen met kleren zoeken. Ik heb gezegd dat het niet hoeft. Maar hij wil het per se. Ik denk dat hij mij wel aardig vindt, maar op een bepaalde manier is hij ook een beetje bazig. Dat vind ik niet zo leuk. Hij schept ook op over van alles en nog wat. En dat vind ik ook niet zo leuk.

Ik ben hartstikke blij dat Wouter terugkomt.

Verder geen nieuws.

O ja: ik zoek geen pleeggezin. Het lijkt me toch niet leuk. Nu Wouter bijna terug is, voel ik me ook niet meer zo alleen. Wouter past ook nergens bij. Hem kan het alleen geen bal schelen.

Ik ben benieuwd of mijn moeder ooit terugkomt. En mijn vader.

Er klonk een geluid dat er iemand op msn was. Toekie keek en zag dat het Gwen was. Ze klikte haar naam aan.

Teckel zegt:
Hoi!

* Ik Ben Je BITCH Niet * zegt:
kheb n idee.

Teckel zegt:
Wat?

* Ik Ben Je BITCH Niet * zegt:
Met oude kleren. Kheb v me buurvrouw e heleboel tips gekregn. Zalk vanavond naar j toekomn?

Teckel zegt:
OK.

* Ik Ben Je BITCH Niet * zegt:
Verzamel vast alle oude truien!

Teckel zegt:
OK. CU 2night!

Toekie sloot af en schreef in haar dagboek:

Ik ga toch maar door met modeontwerpen. Het helpt echt tegen
de eenzaamheid. Gwen komt vanavond helpen! (Zij is eigenlijk ook
heel anders dan anderen. Wie verandert er nou elke maand van
type? Ze zit alleen niet bij mij op school. Da's wel jammer,
anders waren we met z'n drieën anders.)
Veel doeis!
2Kie

Toekie liep meteen naar de gang en trok de tassen met
oude kleren eruit. Binnen een mum van tijd lag de
vloer weer bezaaid. Ze pakte alle wollen truien die ze
kon vinden en gooide die op een stapel. Het waren er
best veel. De meeste waren van haar vader. Misschien
dat haar moeder ze daarom bewaarde. Vast als herinne-
ring aan haar man die zoveel op reis was of zoiets. Het
kon ook zijn dat haar moeder het zonde vond om ze
weg te gooien. Ja, dat was waarschijnlijk het geval.
Haar moeder gooide nooit iets weg. Zelfs kleren die
helemaal waren versleten, bewaarde ze om mee in de
tuin te werken. Ze had er een kast van vol. Terwijl ze
bijna nooit in de tuin werkte, want daar vond ze niks
aan. 'Als die planten nou eens op hielden met groeien,'
riep ze een keer wanhopig. 'Is het eindelijk naar mijn
zin, ziet het er na veertien dagen weer totaal anders uit!
En meestal niet zoals ik in gedachten had! Vreselijk dat
tuinieren! Ik begrijp niet wat iemand eraan vindt.'

Toekie veegde de stapel truien bij elkaar, nam die
mee naar haar kamer en gooide alles op haar bed.

Daarna rende ze naar beneden. Ze deed de lichten in de woonkamer aan en zette de verwarmingsthermostaat op twintig graden. In de keuken keek ze in de ijskast. Ze pakte er een zak sla, wat tomaten en een komkommer uit. In de vriezer vond ze een doos met macaroni. Met deze spullen kon ze wel beginnen aan het avondeten. Als haar moeder dadelijk thuiskwam, konden ze meteen aan tafel. Dan was ze op tijd klaar als Gwen kwam.

Ze ging aan de slag en dekte ook de tafel. Voor de gezelligheid zette ze er een paar kaarsjes bij. Haar moeder zou wel opkijken. Eigenlijk was het best leuk zo met z'n tweetjes. Toekie was altijd wel blij als Kim thuis was, maar meestal kreeg ze na een halve dag ruzie met haar moeder of vader en dan was Toekie blij als ze weer naar Amsterdam ging en het weer rustig was.

Toen het eten klaar was, was haar moeder er nog steeds niet. Toekie keek op haar horloge. Het was al minstens drie kwartier geleden dat ze het antwoordapparaat had afgeluisterd. Ze ging maar vast aan tafel zitten. Een paar keer dacht ze dat ze voetstappen op het grindpad in de voortuin hoorde, of dat er een sleutel in het slot werd gestoken, maar toen het telkens haar moeder niet bleek te zijn, begon ze bijna gedachteloos in haar bord met sla te lepelen; eerst een blaadje, een stukje tomaat, weer een blaadje. Langzaam werd het bord leger. Met haar hand onder haar hoofd, staarde ze in het flikkerende kaarsje. Het was extra ongezellig om in je eentje aan zo'n mooi gedekte tafel te zitten. Ze dacht aan Wouter die waarschijnlijk nog met zijn moeder en Ankie in de auto zat. Zijn moeders waren altijd vrolijk en maakten constant grapjes. Toekie dacht hoe Wouter zich nu voelde met Ankie én zijn moeder; lekker veilig, als een puppy tussen twee volwassen honden. En Milo was natuurlijk ook niet alleen met al zijn broers en zussen en bij Gwen thuis was altijd iemand, want ze had nog een klein broertje waar iedereen dol op was en die je natuurlijk niet alleen kon laten. En Angelina was vast met de geitenkudde, die om haar heen draaide als een zwerm bijen om de honing. Ze had Angelina maar één keer alleen gezien en dat was toen ze uit de klas was gestuurd omdat ze haar mond maar niet dichthield. 'Gelukkig!' had ze gezegd toen Toekie de klas uitkwam om naar de wc te gaan. 'Blijf alsjeblieft bij me. Ik ga dood van de eenzaamheid. Het lijkt hier op school wel een strafkamp.'

Maar meneer Batelaar had hen horen praten en was briesend de klas uitgekomen. 'En nu naar het kamertje van de directeur en daar ga je maar tweehonderd keer opschrijven: ik moet mijn klep houden! En jij naar binnen!' riep hij tegen Toekie.

'Maar ik moet naar de wc!'

'Houd het maar op!'

'Ik moet ook,' zei Angelina.

'Klep houden!' Meneer Batelaar wees in de richting van het kamertje van directeur.

'Tjjjeesss!' deed Angelina terwijl ze wegliep. 'Ik ga écht naar een andere school!'

Meneer Batelaar joeg Toekie terug de klas in en sloeg met een knal de deur achter hen dicht. In de pauze dromden de geiten om Angelina heen om haar vervolgens nooit meer alleen te laten.

Toekie hoorde een auto stoppen. Haar moeder was weliswaar op de fiets, maar misschien had ze die laten staan en bracht iemand haar naar huis. Ze luisterde gespannen, maar er gebeurde verder niets. Ze voelde zich opeens door iedereen in de steek gelaten. Was er dan niemand die aan háár dacht?

Ze stond op, liep naar de telefoon en draaide het nummer van haar moeders mobiel. Ze kreeg geen verbinding. Toekie zuchtte. Had ze dat ding ook nog uitgezet! Toekie werd een beetje boos. Het was toch niet normaal dat je vader en moeder je steeds maar alleen thuis lieten zitten? En dan ook nog totaal onbereikbaar waren! Je kreeg toch geen kind om het vervolgens aan z'n lot over te laten? Het was gewoon kindermishandeling! Ja, dat was het! Misschien moest ze de kindertelefoon bellen. Misschien was daar iemand die naar haar wilde luisteren.

Ze schrok toen ze de voordeur hoorde. Gauw ging ze weer aan tafel zitten en at als een gek de rest op. Haar moeder moest straks maar merken hoe het was om in je eentje te eten.

De keukendeur ging open. Toekie keek om en staarde naar haar moeder. Ze was drijfnat: haar haren, haar kleren maar ook haar tas die ze demonstratief omhoog hield. 'Ik ben met de fiets in de sloot gereden!'

'Wat?'

Haar moeder sopte in haar drijfnatte schoenen naar het aanrecht en kiepte de tas daar leeg. De inhoud dreef bijna de spoelbak in. Bij de aanblik begon ze te huilen. 'O, kijk nou! Al mijn spullen nat!' Ze pakte een theedoek van een haakje en begon snikkend alles af te drogen.

'Wat is er gebeurd, mam?'

'Ik reed op de Van Vlistlaan,' begon ze met schokkende schouders, 'en toen reed er opeens een auto rakelings langs me.' Ze stopte met huilen en riep boos: 'Ik denk echt dat hij het expres deed. En toen begon ik te slingeren en toen kon ik het niet meer houden en toen reed ik zo de sloot in.'

Toekie begon te lachen. 'Echt? Hoe ben je er uitgekomen?'

'Gewoon. Geklommen. Het was hartstikke moeilijk want ik glibberde steeds terug. Tegelijk moest ik mijn fiets meetrekken. Dat ging ook haast niet, want hij was helemaal in de modder gezakt.'

Toekie grinnikte. 'Waarom hielp niemand je?'

'Niemand zag het!' riep Toekies moeder boos. 'Het was donker en die sloot ligt veel lager dan de weg ernaast. Iedereen raasde maar voorbij. Het is levensgevaarlijk daar! Ik ga meteen een brief aan de burgemeester schrijven. Het is schandelijk dat zulke situaties bestaan! Fietsers hebben totaal geen rechten in dit land. En ik kon ook niet bellen, omdat mijn batterij leeg was.' Ze pakte haar telefoon en bekeek hem. 'Hij zal nu wel kapot zijn trouwens. Ik eis schadevergoeding van die stomme gemeente!'

Haar moeder haalde een voor een de bankbiljetten uit haar portemonnee en legde ze op de theedoek te drogen.

Toekie stond op. 'Laat mij dat maar doen. Doe jij die natte kleren maar uit en ga even onder de douche, mam.'

Ze snoof de lucht op: 'Je ruikt naar dooie kikkers.'

'Het is ook allemaal de schuld van die stomme pottenbaklerares! Als die les niet elke keer zo uitliep omdat ik dingen over moet doen, kon ik op tijd naar huis. Ik geloof dat ik er nu echt mee ga ophouden. Dan word ik maar moeder. Moeder van kinderen die niet thuis zijn. Een moeder van niks dus! En een vrouw van een man die er nooit is.' Wanhopig smeet ze een bankbiljet op de grond.

Toekie duwde haar moeder de keuken uit. 'Ga je nou maar wassen.'

Haar moeder sopte naar de bijkeuken waar ze haar kleren uitdeed en ze in de wasmachine propte. Met een oude regenjas van haar vader over haar blote lijf geslagen, kwam ze terug om via de andere deur de keuken uit te gaan.

Het duurde even voor ze terug was.

'Ik heb een verrassing!' hoorde Toekie haar vanaf de gang roepen. Ze gooide de keukendeur open. 'Tada!'

Toekie staarde naar het turkooizen wezen dat vaag iets weg had van haar moeder. Op haar natte haar had ze een muts met veel kleuren die Toekies vader voor Toekie had meegenomen uit Lapland. Aan de zijkant had ze een roze zijden roos vastgemaakt. Over de baljurk had ze een vest aangedaan waarin Kim altijd jogde en daarop had haar moeder een stuk of tien broches en een paar medailles gespeld. Aan haar blote voeten droeg ze gele schoenen met plateauzolen van vroeger die ze had bewaard. 'Hoe vind je het?' vroeg haar moeder. 'Jammer dat er een stuk uit die jurk is geknipt. Ik kan er natuurlijk een ander stuk stof inzetten. Iets geruits? Wat vind je?'

Toekie was sprakeloos. Was haar moeder gek geworden in die moddersloot? Misschien was het water vervuild met een of andere giftige stof en waren haar hersenen aangetast.

'Nou? Zeg eens iets.'

'Dit is toch een grap, hè mam?' vroeg Toekie aarzelend.

'Nee en ja. Nee, omdat jij het ook doet, kleren ontwerpen, bedoel ik. Nou, mag ik me dan niet uitleven? Ik bedoel: je kunt op verschillende manieren creatief zijn. Of het nou met klei is, met verf of met kleren. Ik vind kleren eigenlijk heel leuk. Toen ik die rommel boven in de gang zag liggen, dacht ik eerst: ik vermoord dat kind. Direct erachteraan voelde ik een enorme scheppingsdrang in me opkomen. Ik kon gewoon niet

anders dan met die kleren aan de gang gaan. Je hebt me echt op een idee gebracht.'

Haar ook al! dacht Toekie. Ze keek haar moeder na toen ze naar het tafeltje liep waar de telefoon op stond en het telefoonboek eronder vandaan pakte.

'Ik ga een cursus modeontwerpen doen,' zei haar moeder.

Toekie zuchtte. Niets ergers dan een moeder met verlatingsangst, dacht ze. Zouden andere moeders ook zo belachelijk doen? Dáár zou een cursus voor moeten bestaan: Spoedcursus voor gestoorde moeders! 'Mam, de macaroni wordt koud.' Ze wees naar de tafel. 'Ik heb heel erg mijn best gedaan.'

Toekies moeder leek nu pas de mooi gedekte tafel te zien en riep: 'O, wat gezellig!' Ze liep naar Toekie en gaf haar een kus. 'Wat ben je toch een schatje. Heerlijk! Ik sterf van de honger.' Ze ging zitten en begon te eten. 'Was je lang alleen thuis?'

Toekie knikte. 'Uren!'

Toekies moeder pakte haar dochters arm. 'Sorry, schatje. Het kwam echt door die sloot. Normaal rijd ik er niet in.'

Bij de gedachte aan haar moeder in die vieze stinksloot, moest Toekie weer glimlachen. 'Het komt ook door die achterlijke cursussen die je steeds maar doet. Daardoor ben je nooit meer thuis.'

Toekies moeder knikte. 'Ja, ook daardoor. Juffrouw Horrevoet is een stomme muts.'

'Horrelvoet?' herhaalde Toekie.

Toekies moeder schudde haar hoofd. 'Horre-voet. Zonder l. Ik ga niet meer naar dat mens toe. Ik vind eigenlijk niks aan dat pottenbakken. Wat moet ik met al die potten?'

'Waarom doe je nou nooit iets nuttigs, mam? Je hebt al zoveel stomme cursussen gedaan: een over aardstralen, handschriftkunde, oosterse wijsheden…'

'Ik weet het, ik weet het. Maar een nuttige cursus lijkt me zo saai. modeontwerpen is toch nuttig?'

Toekie schudde haar hoofd. 'Het is echt niks voor jou, mam. Doe iets over tuinieren. Dat is nuttig. Dan gaat onze tuin er misschien een beetje leuker uitzien in plaats van die wildernis die het nu is. Of doe een computercursus. Of een kookcursus.'

'Vind je deze combinatie niet leuk?'

'Nee. Je loopt echt voor gek zo. Als je zo naar buiten gaat, word je vast gearresteerd. Of ze brengen je naar een gekkenhuis.'

Toekies moeder deed de muts van haar hoofd en gooide hem op de stoel naast haar. 'Misschien heb je gelijk. Misschien moet ik iets nuttigers proberen. Maar dan kan het zijn dat ik weer niet thuis ben als je uit school komt.' Haar gezicht klaarde op. 'Ik weet iets! Laten we samen een cursus gaan doen. Wat vind je van iets muzikaals? Ja! We gaan leren zingen! Dan kunnen we misschien later samen optreden. Ik heb altijd zo graag in zo'n achtergrondkoortje willen zingen. Leuk!'

'Eh…' begon Toekie, terwijl ze koortsachtig een smoes begon te verzinnen. Iets leuks met je moeder doen is net zoiets als op vakantie met een stelletje demente bejaarden. Alleen de gedachte al levert een hoop stress op. 'Ik… eh…' Gelukkig ging de bel. 'Dat is Gwen!' Ze rende naar de deur. Even later stak ze haar hoofd om de keukendeur en riep: 'We gaan naar boven!'

Gwen had twee vuilniszakken met kleren bij zich. In Toekies kamer gooide ze die leeg op de grond. Er lagen wollen truien, vesten, een blauwe jurk, twee maillots en een grijze muts bij. 'Mijn buurvrouw heeft het nog een keertje uitgelegd. Ik heb ook een paar patronen van haar gekregen. We moeten alles eerst sorteren. 100% wol is het beste. Alles waar ander materiaal tussen zit, leggen we apart. Dat kunnen we later misschien gebruiken.'

Ze legden de kleren op verschillende stapels. Toen het klaar was, zei Gwen: 'Nu gaan we ze wassen op 60 graden. Waar staat jullie wasmachine?'

'Beneden.' Voor ze de trap afliepen, zei Toekie. 'Schrik niet. Er zit een vreemd wezen in de keuken. Ze zegt dat ze mijn moeder is.'

Gwen grinnikte. 'Ziet ze er net zo uit als toen ze haar haar met extensions had laten doen en op een bejaarde discodiva leek?'

Toekie schudde haar hoofd. 'Erger.'

Patronen voor een slof en een schoen.
Vergroot ze eerst naar je eigen maat, plus een extra
centimeter om te naaien.
Probeer ook andere vormen, een laars bijvoorbeeld.

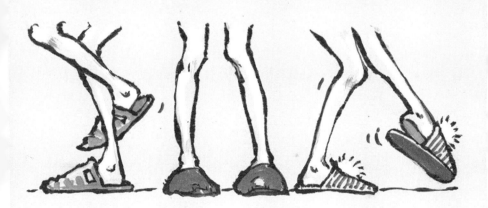

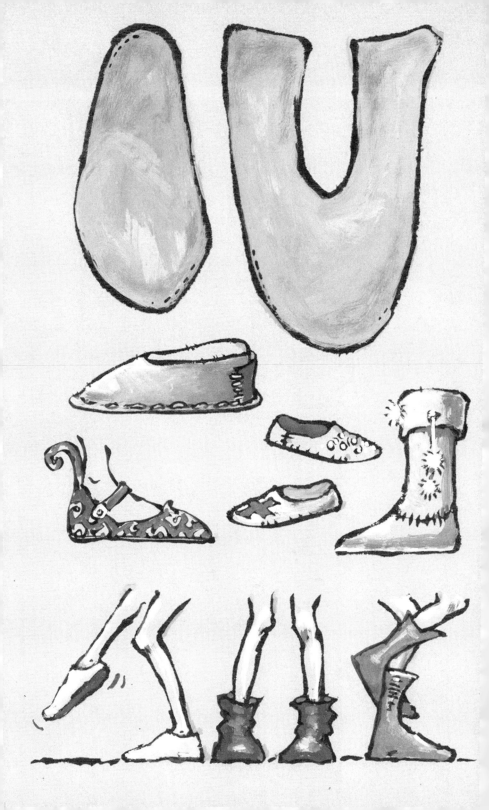

Toekies moeder was niet in de keuken. Hopelijk was ze zich aan het verkleden.

Ze wasten de kleren en deden ze daarna ook nog in de droger. Toen het klaar was, was bijna alles vervilt.

'Mooi,' zei Gwen goedkeurend. Ze hield een groene trui op. Hij was zeker de helft kleiner en zo stijf geworden als een plank. 'Hier kunnen we schoenen van maken. Kom mee!'

'Schoenen! Van een trui?' riep Toekie.

Gwen knikte. 'Boven heb ik een patroon.' In Toekies kamer liet ze het patroon zien dat ze van haar buurvrouw had gekregen.

'Als je de delen aan elkaar hebt genaaid, kun je ze ook nog met van alles en nog wat versieren. Knoopjes, kraaltje of erop borduren en nog meer van die dingen. Of je plakt er figuurtje van een andere kleur vilt op. Leuk toch?'

Toekie knikte. 'Wel apart.'

'We kunnen ook slippers maken. Kijk!' Ze liet Toekie het patroon zien.

Toekie knikte weer. 'Lopen die wel lekker?'

'Maakt niet uit. Maar ik denk het wel. Anders had mijn buurvrouw er geen patroon van gegeven. Ik bedoel: je geeft iemand toch ook geen patroon van een broek die van je kont zakt. Of wel?'

Toekie dacht even na. Het was een vreemde redenering. 'Als een broek te groot is, zakt hij altijd van je kont. Maar dan kan het patroon wel goed zijn. Dan is het gewoon een verkeerde maat.'

Gwen wapperde met haar handen. 'Je weet wel wat ik bedoel. Als het patróón niet goed is en je daarom niet op die sloffen kunt lopen.'

'O, nou, dan zullen ze wel lekker lopen. Ja.'

Gwen pakte een rode trui en spreidde die uit op Toekies bed. 'Wat zullen we hiervan maken?'

'Een rok!' riep Toekie.

'Ja! We knippen de mouwen en de bovenkant eraf. Dan houd je vanzelf een rok over. Makkelúk!' Gwen hield hem voor. 'Tof! Geef eens een schaar!' Toen het klaar was, hees ze het overgebleven stuk van de trui over haar broek.

Toekie bekeek het resultaat van een afstandje en knikte goedkeurend. 'Ontwerp geslaagd!'

Het was leuk om in de kleren te mogen knippen. Toen het een keertje misging, riep Gwen: 'Maakt niet uit. Deze trui kunnen we altijd gebruiken om applicaties mee te maken.'

'Nee. Geef dat ding eens,' zei Toekie. Ze knipte hier en daar nog iets bij. 'Kijk, zo kun je er een tas van maken!'

'Ik had nooit gedacht dat ik nog eens een tas zou hebben die gemaakt was van de lelijkste trui van mijn vader!' riep Gwen.

Ze verknipten ook de rest om er een heleboel nieuwe kledingstukken van te maken, zoals: beenwarmers,

Van vilt kun je bijna elk figuurtje maken dat je wilt.
Je kunt het ergens opnaaien of plakken met textiellijm.
Je hoeft niet bang te zijn dat het rafelt.

Je kunt de figuren op deze
pagina vergroten.
Of zelf applicaties ontwerpen.

polswarmers en wanten van mouwen, twee vesten door de voorkanten in te knippen van truien, een paar mutsen van de col van truien, een sjaal en nog een tas. Ze moesten het alleen nog aan elkaar naaien.

'Dat doen we morgen.' Gwen liet zich achterover op bed vallen. 'Pfff! Ik word moe van dat knippen.' Ze gaf Toekie een papier waarop de buurvouw nog meer tips had geschreven. 'Hier! Dan kun je vast lezen wat we nog meer kunnen maken. Ik moet zo weer naar huis anders blijf ik nog zitten. Wanneer is die pimp-jezelf-dag bij jullie op school?'

Toekie pakte het papier aan. 'Overmorgen, dacht ik.'

Gwen stond op en liep naar de deur. 'Misschien kom ik nog wel even kijken.'

Toekies mobieltje ging. 'Woutér!' gilde Toekie. 'Het is Wouter,' zei ze tegen Gwen terwijl ze naar de telefoon wees.

'Echt?' riep Gwen.

'Gwen is ook hier! Ja, we komen morgen… of… wacht even! Wouter vraagt of we morgen naar hem toe komen. Ga je mee? Of moet je huiswerk doen?'

Gwen knikte en schudde daarna haar hoofd.

'Je gaat mee en moet geen huiswerk doen?' vroeg Toekie voor de zekerheid. Toen Gwen weer knikte en nee schudde, zei ze tegen Wouter: 'Gwen komt ook. Doei! See you later macaronivreter!'

Tips van Gwens buurvrouw:
- Vilten roosjes maken:
Knip strookje van 10 bij 3 centimeter. Rol ze losjes op, naar vast met pareltje in het midden (of ander kraaltje).
- Franjekraag maken:
Knip col los van een trui. Knip aan de boven- en onderkant franjes. Kun je dragen in plaats van ketting.
- Halssieraad maken:
Knip col los. Naai uiteinden bij elkaar. Versier met kraaltjes of iets anders.
- Applicaties maken:
Van vilt kun je bijna elk figuurtje maken dat je wilt. Je kunt het ergens opnaaien of plakken met textiellijm. Je hoeft niet bang te zijn dat het rafelt.
- Maak bijvoorbeeld een bloem door van vilt twee dezelfde bloemfiguurtjes te knippen. Daarna leg je ze op elkaar, maar je draait de bovenste een slag.
- Een nieuwe trui maken van de helft van een oude: Knip het bovenste gedeelte, inclusief de schouders net boven borsthoogte af. Naai dit op een t-shirt. Je kunt de randen versieren met van alles en nog wat: kanten ruches of bijvoorbeeld franjes.
- Zo maak je een pompon:

Knip van 2 stukken karton 2 cirkels met een gat erin.
Leg ze op elkaar en omwikkel ze met veel wol.
Steek de punt van de schaar tussen de twee kartonne-
tjes en knip alle wol op de rand door.
Neem een stevige draad en trek deze tussen de twee
rondjes door.
Leg een knoop, goed strak.
Karton eraf en bolletje vormen. Uitsteeksels afknippen.

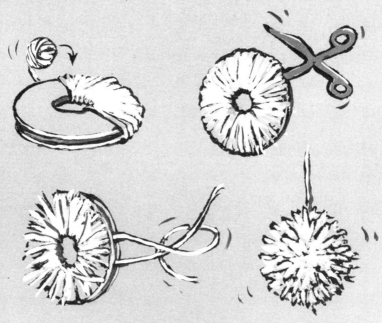

De volgende dag naaiden Gwen en Toekie alle kleren aan elkaar. Tevreden bekeken ze het resultaat. Gwen trok een rok aan van ongelijke repen vervilte wol in rood, paars en roze. De repen vilt zaten vast aan een heupstuk dat was gemaakt van de onderkant van een trui. Bij de bevestigingspunten van de repen zaten gehaakte rozetten. Ze pakte de polswarmers die ze hadden gemaakt van de mouwen van een trui van haar opa. Ze trok ze omgekeerd aan, waardoor de boorden bij haar elleboog zaten.

'Gaaf! Met die bling bling!' riep Toekie wijzend op de enorme hoeveelheid kettingen, broches en armbanden die ze ook omdeed.

Gwen knikte. 'Misschien ga ik ook in de mode. Van al dat leren word ik helemaal suf.'

Toekie deed haar nieuwe hoed op en trok een rokje aan dat ze had gemaakt van een oude trui van Kim. De trui was nogal gekrompen, waardoor het rokje strak om haar kont zat en heel kort was.

'Hmm!' zei Gwen. 'Het lijkt meer op een ceintuur dan een rok. Doe die beenwarmers er eens bij aan.'

'Zo?' zei Toekie toen ze de mouwen van een witte trui over haar been had gehesen.

Ze bekeken zichzelf in de spiegel.

'Helemaal te gek!' zei Gwen.

Toekie knikte. 'Helemaal onszelf! Kom mee! We gaan naar Wouter.'

Hij woonde om de hoek. Toen ze vlakbij zijn huis

waren, zagen ze Ankie en Wouters moeder de auto uit-
laden. Zeker gisteravond geen zin meer gehad om dat
te doen!

'Wouter is in zijn kamer!' riep Ankie terwijl ze een
fiets van de fietsdrager tilde. 'We hebben hem wegge-
stuurd, want hij loopt alleen maar voor onze voeten.
Mannen zijn echt nutteloos.' Ze lachte.

Toekie wist dat ze het niet meende. Ankie was dol
op Wouter. Ze zei vaak: 'Je bent de enige man waar ik
verliefd op ben.' Waarop Wouter dan zoiets antwoordde als: 'Zullen we trouwen?' Daarop zei Ankie dan
weer: 'Mij best!' Dan moesten ze hard lachen.

'Wat zien jullie er tof uit!' riep ze terwijl Toekie en
Gwen het tuinpad opliepen. 'Is er weer een verkleed-
feestje of zo?'

Toekie knikte. 'Morgen op school. De pimp-jezelfdag.'

'Hoe verzinnen jullie het! Zo is het daar zeker wel uit
te houden?'

Toekie lachte.

Binnen stond de gang al vol bagage. Het leek wel
of ze de hele inhoud van de caravan mee naar huis
hadden genomen. Er stonden dozen met keukenge-
rei, etenswaren, spelletjes, lege flessen en ook twee
grote zaklantaarns en een rol touw (waar ze die nou
voor nodig hadden!), een heleboel uitpuilende reis-
tassen en tassen die, zo te zien, vol zaten met vuile
was. Er lagen stapels kleren, een paar regenpakken,

kaplaarzen, kussens en slaapzakken.

Toekie en Gwen stapten over de rotzooi en liepen de trap op. Ze klopten op Wouters deur en liepen meteen naar binnen. Wouter zat in kleermakerszit op zijn bed met een laptop voor zich. Hij had een oud colbertje aan dat als een zak om zijn lijf hing. Niet alleen omdat het te groot was, maar ook omdat het eruitzag of het te heet was gewassen: er zat totaal geen model meer in en de rafels hingen er aan alle kanten bij. Op zijn hoofd had hij een beige gebreid mutsje. Aan de bovenkant van de laptop was een webcam geklemd waarin Wouter gekke gezichten zat te trekken. Hij hoorde Toekie en Gwen niet, want hij had een koptelefoon op, waar zo te horen, keiharde muziek uitkwam.

Gwen gaf hem een duw.

Wouter schrok en gilde. Even keek hij verbaasd toen hij zag wie er in zijn kamer stonden, toen trok hij de koptelefoon van zijn hoofd en sprong van zijn bed: 'My babes! Me poelekes! Ik heb jullie zo onwijs gemist.' Hij probeerde Toekie en Gwen tegelijk in zijn armen te sluiten waarna ze even als een knoedel wormen in elkaar verstrengeld raakten. Wouter deed een stapje naar achteren. 'Vinden jullie mij veranderd?'

Gwen bekeek hem zogenaamd aandachtig. 'Hoe lang ben je eigenlijk weggeweest?'

'Eh… twee weken min een dag.'

'Nee, niets veranderd.' Gwen ging naast hem staan. Ze stak een kop boven Wouter uit. Maar ze was dan ook drie jaar ouder. 'Of denk je dat hij iets is gegroeid?' vroeg ze aan Toekie.

Toekie knikte. 'Ja, jullie zijn bijna even lang.'

'Yes!' riep Wouter trots. Hij keek naar Gwen op. 'Wil je nu eindelijk verkering met me?'

Gwen schudde haar hoofd. 'Even wachten nog.'

Hij keek naar Toekie. 'Jij?'

'Niet als ik tweede keus ben,' grinnikte ze.

Wouter wees op de computer. 'Ik zat net met Angelina te msn'en. Ze zegt dat ze me onwijs cool vindt. Dus… eh…'

'Dus wat?' vroeg Toekie.

'Als jullie mijn aanzoek niet aannemen, kan ik niet anders dan Angelina vragen.'

Toekie haalde haar neus op. 'Die geitenhoedster?'

'Ja, maar ze is een p.i.z.o.,' zei Wouter. 'Die kan ik niet laten lopen. Alle jongens op school zijn op haar. Als ze mij kiest, ben ik de bink.'

'P.i.z.o.?' herhaalde Gwen.

'Potentieel-interessant-zoen-object,' antwoordde Wouter. 'Dat hebben Toekie en ik verzonnen. Kunnen we iemand beoordelen, zonder dat hij begrijpt wat we bedoelen.'

'Boeien!' riep Toekie. 'Omdat ze er toevallig als een fotomodel uitziet? Het betekent nog niet dat ze aardig is.'

'Het oog wil ook wat. Bovendien heeft ze een heel goed idee.'

'Wat dan?' vroeg Gwen.

'Iets waarmee ik niets hoef te doen en toch geld verdien.'

'Ik weet het al! Levend standbeeld zeker!' riep Toekie. 'Ze vraagt het aan iedereen.'

Wouter knikte.

'Heeft ze je ook verteld van de pimp-jezelfdag?' vroeg Toekie.

Wouter knikte. 'Ik snap er niet zoveel van. Is het hetzelfde als dat schoolfeest van vorig jaar toen het thema bezuiniging was en iedereen in kleren kwam die niets hadden gekost?'

Toekie knikte. 'Ja, het is hetzelfde, maar toch anders. Dit is een kledingruilbeurs en dan gaan we kleren oppimpen. Het wordt een nieuwe rage. Let maar op.'

'Toekie is ermee begonnen,' zei Gwen. 'Ze wil modeontwerpster worden. Toch, Toek? Angelina heeft het van haar gepikt.'

Toekie knikte. 'Zij mag het best van mij organiseren. In dat soort dingen heb ik echt geen zin.'

'Ja, dan kan ze lekker over iedereen lopen bazen,' zei Gwen.

Wouter wapperde met z'n handen. 'Het maakt mij allemaal niet uit. Ik doe gewoon dat levend standbeeld. Dan kan ik wat verdienen. Want ik ben zo blut als een limonadeverkoper in de woestijn.'

'Wat doe je aan?' vroeg Gwen.

'Als levend standbeeld?'

Gwen knikte. 'Het moet wel iets bijzonders zijn, anders val je niet op. En als je niet opvalt, krijg je ook geen geld.'

Wouter dacht even na en pakte een leren cowboyhoed die hoog op een kast lag. Hij zette hem op. 'Zoiets?' Hij deed een stapje achteruit om zich beter te kunnen laten bekijken.

Toekie schudde haar hoofd. 'Stupid!'

'Deze dan?' Hij pakte een oude legerhelm die ook op de kast lag en zette die op. Het ding zakte tot ver over zijn ogen.

Toekie en Gwen schudden weer hun hoofd.

'Ik weet iets!' Wouter deed de kast open en viste een rubberen wetsuit en een duikbril met snorkel onderuit zijn kast. 'Ik moet ook nog ergens zwemvliezen hebben.' Hij dook weer in de kast.

Gwen en Toekie keken toe.

'Wat vinden jullie van zoiets?' vroeg Wouter toen hij de zwemvliezen had gevonden.

'Een duiker?' Gwen keek bedenkelijk. Ze keek naar Toekie.

Die schudde haar hoofd. 'Je moet iets origineels verzinnen. Bovendien heb je niet echt het lijf om in zo'n wetsuit te staan.'

'Wat dan?' riep Wouter wanhopig. 'Het is maar een geintje. Ik hoef er geen prijs mee te winnen.'

'Je wilt er wel geld mee verdienen,' zei Gwen. 'Dan moet je ook iets verzinnen waarmee je opvalt.'

'Bewaren je moeders ergens oude kleren?' vroeg Toekie. 'Daarmee kunnen we dan misschien iets voor je samenstellen, eh… ontwerpen, bedoel ik. Daar zijn Gwen en ik heel goed in.'

'Ja, dat kunnen we wel,' viel Gwen haar bij.

'Vrouwenkleren?' vroeg Wouter.

Toekie knikte. 'Dat maakt niks uit. We vermaken ze toch.'

'Ik zal kijken.' Hij liep de kamer uit. Het duurde niet lang voor hij met een stapel kleren terugkwam. 'Ik heb ze uit een kast op zolder gehaald. Ik neem aan dat Ankie en mijn moeder ze niet meer dragen.' Hij kwakte de stapel op bed. 'Zoek maar uit.'

Toekie viste een goudgele damesbroek uit de stapel en hield hem op.

'Die is van Ankie!' riep Wouter. 'Hij is veel te groot!'

'Je hoeft hem ook niet zo aan,' zei Toekie. 'Ik kijk of we hem kunnen vermaken.' Ze keek naar Gwen. 'Pijpen afknippen en dan een koord om z'n taille?'

Wouter trok een bedenkelijk gezicht.

Gwen knikte. Ze hield Wouter een gehaakt paars vest voor.

'Die schijnt te veel door,' zei Wouter. 'Dan zien ze mijn brede borstkastje.'

'Ja, met de nadruk op je,' grinnikte Gwen.

'Ik weet wat!' Toekie pakte een zwarte bh van de stapel. 'Dan doe je dit eronder. Waarom zouden mannen geen bh kunnen dragen?'

'Omdat ze geen borsten hebben, snuggie,' antwoordde Wouter.

Gwen pakte de bh uit Toekies handen en bond hem Wouter om. 'Dit is toch bijzonder? Je draagt hem als een soort versiering. Tegenwoordig hoef je een kledingstuk niet per se te dragen waarvoor het bedoeld is. Met dat gehaakte vest erover heeft het iets mysterieus.'

Toekie knikte goedkeurend. 'Je blijft in ieder geval staan kijken om te zien hoe het precies zit. Heb je een schaar?'

Wouter pakte er eentje uit zijn bureaula en gaf die aan Toekie. Ze knipte meteen de pijpen van de gele broek af.

'Ik weet niet zeker of het oude kleren waren,' zei Wouter.

Het was al te laat. Toekie hield Wouter de broek voor en zei: 'Pas even!'

'Over mijn eigen broek?' vroeg Wouter.

'Nee, die moet uit. Dan kunnen we beter zien hoe het staat. Heb je wel een onderbroek aan?'

'Even voelen,' grinnikte Wouter.

Niet lang daarna stond hij in z'n nieuwe outfit. Toekie en Gwen bekeken hem van een afstandje.

'Nu nog iets op je hoofd en aan je voeten,' zei Gwen. Ze begon meteen te zoeken tussen de kleren op Wouters bed. 'Het moet iets bijzonders zijn.'

Wouter bekeek zichzelf. 'Is dit niet bijzonder genoeg?'

'Ik weet iets! Ik ben zo terug.' Toekie liep de kamer uit.

Niet lang daarna kwam ze terug met een paar donkergroene kaplaarzen in haar hand. Ze bleef even staan, want Wouter had een heel bijzonder hoofddeksel op. Toen ze goed keek, zag ze dat het een afgeknipte mouw was. Gwen was bezig er ook een sjaal omheen te knopen. 'Ik wil er nog van alles aanhangen. Iets om een bepaald statement mee te maken.'

'Statement?' herhaalde Wouter. 'Wat voor statement?'

'Waarmee je iets wilt uitdrukken,' legde Gwen uit. 'Dat je tegen milieuvervuiling bent, of tegen school. Voor iets zijn, mag ook.' Ze keek hem aan. 'Ben je ergens voor?'

'Mag het iets met vissen zijn? Dat is namelijk mijn hobby, weet je.'

Gwen knikte. 'Ik weet het.'

'Dierenbeul!' zei Toekie. Ze wees naar een lichtblauwe trui die op Wouters bed lag. 'Dit is een mooie zeg!' Ze pakte hem en legde hem tegen haar wang. 'En zacht. Zeker heel duur geweest. Van de mouwen kunnen we mooi beenwarmers maken.'

Wouter bekeek zijn blote knieën. 'Dat is denk ik wel nodig, ja.'

Toekie gaf de laarzen aan Wouter. 'Ja, het kleurt hierbij. Als ze passen, plakken we er allemaal leuke visjes van vilt op.'

'Mijn hemel!' zei Wouter. 'Wat gebeurt er allemaal met me? Mag ik even?' vroeg hij aan Gwen en trok de laarzen aan. Ze waren een beetje te groot. 'Geeft niet.'

'Je bent het mooiste levende standbeeld dat ik ooit heb gezien,' zei Toekie toen ze niet lang daarna met Wouters kleding klaar waren.

Gwen knikte goedkeurend. 'Ga maar eens in de spiegel kijken!' Ze duwde Wouter de kamer uit en volgde hem met Toekie naar de slaapkamer van Ankie en zijn moeder. Wouter keek een moment naar zichzelf. 'Wat stel ik voor?'

'Eh… niks,' zei Toekie. 'Het is gewoon een ontwerp.'

'Ja, het is iets nieuws,' viel Gwen haar bij. 'Zo moet je het zien. Ik weet nog iets! Er moet een hengel bij! Dat past goed bij je statement.'

Wouter haalde diep adem. 'Nou, als jullie zeggen dat ik zo over straat kan.'

Toekie knikte. 'Het kan!'

'Ja, het kan,' zei Gwen.

Toen Toekie die middag de woonkamer binnenstapte, zag ze haar moeder op de bank liggen. Ze sliep. Ze had de roze joggingbroek van Kim aan, een overhemd van haar man en een paar sloffen van Toekie in de vorm van kikkers. Toekie bleef even naar haar staan kijken. Het leek net of ze door die kleren aan te trekken alle drie haar familieleden dicht bij zich probeerde te hebben!

Haar moeder glimlachte in haar slaap. Misschien droomde ze ervan dat ze juffrouw Horrelvoet met hompen klei bekogelde! Toekie pakte een geruite plaid die over een krukje naast de tv lag en dekte haar moeder ermee toe. Pas toen zag ze het briefje op tafel liggen.

Engel, ik heb me opgegeven voor een cursus kleding maken. Dan kan ik alles maken, wat jij ontwerpt. Leuk hè? Dan doen we toch een beetje iets samen. Het is op donderdag- en dinsdagochtend, dus dan ben ik altijd thuis als je uit school komt. Kus van je 100%moeder!!!!!!!!

Toekie glimlachte en sloop naar boven. Ze liep naar het raam en staarde naar buiten. Er was niet veel te zien, alles was als altijd: de rijtjes achtertuinen, de schuurtjes aan het eind ervan, de grote conifeer die een paar huizen verderop in een tuin stond, de was die altijd bij de buurvrouw aan de lijn hing. Zelfs als het regende, hing ze die nog buiten. 'Het meeste valt ernaast,' had Toekie haar een keer horen zeggen. Niemand veranderde ooit iets. Vast omdat ze bang zijn, bang om anders gevonden te worden. Als je anders bent, hoor je nergens bij. Dat vinden de meeste mensen maar een enge gedachte.

Het was eigenlijk maar raar dat zij zich met haar nieuwe uiterlijk juist wel fijn voelde, veel beter dan toen ze niet opviel. Terwijl ze zich eerst voelde als een puzzelstuk dat in de verkeerde doos terecht was gekomen. Ze staarde nog een tijdje naar buiten, ging toen op bed zitten en pakte haar dagboek.

L.P.

Sinds ik een andere identiteit heb, is mijn leven echt veranderd: op school val ik opeens op. Gwen heeft ook weer aandacht voor andere dingen dan leren, ik heb een raadselachtige jongen ontmoet en mijn moeder wil weer moeder zijn.

Wouter is ook weer terug. Dat heeft er weliswaar niks mee te maken, maar het is wel gebeurd. Blij toe dat hij er weer is. Ik heb hem echt gemist. Hij is mijn beste vriend.

Weet je wat ik zo gek vind? Dat ik er eerst zo'n beetje uitzag als iedereen en helemaal niet opviel. Ik dacht soms: het maakt niks uit of ik wel of niet op school ben. Ze merken het niet eens. Hoewel ik niet opviel, vóelde ik mij wel anders. Dat was soms best een eenzaam gevoel.

Nu val ik veel meer op. Ik zie er echt heel anders uit dan de meeste kinderen. Toch voel ik me niet meer zo eenzaam als eerst. Ik heb erover nagedacht en ik weet, denk ik, hoe het komt: eerst zag niemand mij staan. Nu val ik op en heeft iedereen aandacht voor mij. En dat is fijn.

Ik ben alleen wel dezelfde Toekie vanbinnen. Die kleren zijn maar de buitenkant. Stom eigenlijk dat je dan anders wordt behandeld.

Mijn vader heeft vanmorgen opgebeld. Hij zit in Sao Paolo. Ik was al begonnen met antwoorden op zijn gebruikelijke vragen, maar toen riep hij: 'Ho, ho! Wacht even! Ik wilde alleen zeggen dat ik een doos met cadeautjes heb opgestuurd voor jullie allemaal.'

Ik viel natuurlijk meteen stil. Cadeautjes? dacht ik. Waarom stuurt hij die op? Het kon alleen maar betekenen dat hij nóg lan-

ger wegbleef. Het leek wel of hij mijn gedachten kon lezen, want toen zei hij:
'Ik moet hier nog even blijven. Er zijn problemen met de fabriek.'
'Ben je er dan niet op mijn verjaardag?' vroeg ik.
'Nee, Popje. Het spijt me. Het gaat niet.'
Ik baalde als een stekker, maar ik heb het niet gezegd. Ik zei helemaal niks meer. Mijn vader begon toen weer met zijn gebruikelijke vragenrubriek. Ik heb alleen met wat gekreun geantwoord.
Wat heb je aan een vader die er nooit is? Niks! Je kunt beter twee moeders hebben. Ja toch?

Verder heb ik niks te zeggen. Milo ook niet meer gezien.
Misschien maar goed ook.
Morgen is het PIMP-JEZELFDAG! Ik ben benieuwd.
Straks ziet iedereen er anders uit en val ik weer niet op. Moet ik dáár weer iets op verzinnen!

LOL 2kie!

O : -) (Dat betekent: ik ben een engel. Volgens mijn 100% moeder dan.)
Kus!

Ze had haar dagboek net weggelegd toen er iemand op msn kwam. Het was Angelina.

Teckel zegt:
Ja.

Pumpkin Baby zegt:
Kmoet j iets vreselijks vertelln

Teckel zegt:
Nou?

Pumpkin Baby zegt:
Beloof dat j niet jaloers wordt

Teckel zegt:
Eerst vertelln.

Pumpkin Baby zegt:
Richter heeft verkering gevraagd met Kim. Ze heeft ja gezegd.

Toekie voelde een schok door haar lichaam gaan. Kim was pas op school gekomen. Eerst was ze nogal verlegen, maar sinds ze zich bij Angelina's geiten had mogen aansluiten, had ze een enorm grote mond. Ze was een beetje een aanstelster: ze lachte te hard of ze krijste als een varken bij het minste of geringste. Als ze zich maar een ietsiepietsie pijn had gedaan of wanneer er iets anders was waarover ze van slag kon raken, deed ze alsof ze doodging en dan kwam het hele geitenaquarium naar haar toe rennen. Behalve haar collega-geiten, vonden de meisjes op school haar maar stom. Maar de jongens zagen haar sinds ze met Angelina omging, opeens allemaal staan. Nou, als

Richter zo nodig verkering met die hysterica wilde, moest hij het zelf maar weten. Exit Richter!

Teckel zegt:
Maakt mij niet uit. kheb allang een ander.

(Dat was niet waar, maar ze zei het omdat Angelina het vast verder zou vertellen. Zeker als ze zei dat het geheim was.)

Pumpkin Baby zegt:
O, ja? Wie?

Teckel zegt:
Het is nog geheim.

Pumpkin Baby zegt:
Je kan het mj wel zeggn. Khou me mond.

Teckel zegt:
Nee, sorry. T kan echt niet. NW

Pumpkin Baby zegt:
Ok. Tdldk. Tjauw!

De volgende dag stond Toekie vroeg op. Ze trok dezelfde kleren aan als gisteren naar Wouter. De rest deed ze in een grote blauwe sporttas en de hoed in een plastic tas. Het paste er maar net in.

'Veel plezier!' riep haar moeder haar na toen ze met de fiets wegreed. 'Als je straks thuiskomt, ben ik er, hoor! Misschien bak ik wel koekjes!'

Toekie zwaaide terug. Ze reed het achterpaadje uit en sloeg rechtsaf de straat in. Pas toen zag ze Milo op de stoep staan. Ze schrok er een beetje van. Hij had zijn fiets tegen een bankje vlakbij geparkeerd. Hoe wist hij dat hij haar hier zou tegen komen? De vorige keren was ze via de voorkant van het huis naar binnen gegaan. Het achterpaadje lag aan een zijstraatje. Ze had geen tijd meer om er langer over na te denken, want Milo deed een stap naar voren en stak zijn hand uit om haar te laten stoppen. Toekie remde.

'Hoi! Waar ga je heen?' vroeg hij.

'Naar school natuurlijk! Wat doe jij hier?

Hij pakte haar stuur vast en wees naar de tassen. 'Wat zit daarin?'

'Kleren. Vandaag is de pimp-jezelfdag, weet je wel.'

'Ja, daarom dacht ik, misschien wil je nog langs die tweedehands kledingwinkel.'

Toekie schudde haar hoofd. 'Nu niet. Geen tijd meer. Ik moet naar school.' Ze wilde wegrijden, maar Milo ging voor haar fiets staan en plantte zijn benen links en rechts van haar voorwiel.

'Het is op de weg daarheen. We kunnen er toch even langsrijden? Misschien hebben ze iets heel leuks. Dan val je lekker op.'

Toekie wilde zeggen: dat hoeft niet, maar Milo keek in de tas met de hoed en zei: 'Dat wil je toch? Opvallen, bedoel ik?'

Ze dacht: het zit heel anders. Maar dat zou hij toch niet snappen. En geloven zou hij haar al helemaal niet met de hoed die ze bij zich had. In plaats daarvan haalde ze haar schouders op. Ze voelde zich niet erg op haar gemak. Waarom bleef hij zo voor haar staan? Ze vond het vervelend.

Hij deed een stap opzij. Even dacht Toekie dat hij haar liet gaan, maar toen zei hij nogal dwingend: 'Nou, zullen we dan maar gaan?' Hij liep terug en pakte vlug zijn fiets.

'Ik heb echt geen tijd,' riep Toekie. 'Bij ons op school mag je geen seconde te laat komen. Dan krijg je onwijze straf.'

Maar Milo stond al met zijn fiets naast haar. Hij duwde haar bijna tegen de stoeprand en keek haar weer aan. Ze schrok van de blik in zijn ogen. Het maakte haar bang. Milo merkte het vast, want hij lachte en raakte zogenaamd vriendschappelijk haar arm aan. 'Ik wil je alleen maar helpen. Ik vind het hartstikke leuk wat je doet met die kleren. Het is echt wat voor jou die winkel. We kijken even snel. Het kost maar een minuutje.'

Toekie raakte er een beetje door in de war. Wilde hij nou gewoon aardig zijn? Maar waarom maakte hij haar dan ook bang? Toekie vond hem eigenlijk ook een beetje zielig. Misschien had hij geen vrienden. Zijn broers en zussen waren misschien veel jonger, of veel ouder, of ze woonden niet meer thuis. Ja, wat had je er dan aan? 'Moet jij niet naar school?'

Milo knikte. 'Ik heb het eerste uur vrij. Nou, zullen we gaan? Als we nog langer staan te praten, kom je echt te laat. Maar dat is dan niet mijn schuld.'

Toekie merkte dat Milo zich niet liet ompraten. 'Goed dan!' Ze dacht: ik ga gewoon even mee dan heeft hij zijn zin. Daarna fiets ik snel door naar school.

Ze gingen op weg. Milo bleef aan de buitenkant rijden. Dat was best vervelend, want Toekie moest oppassen om niet tegen geparkeerde auto's of tegen een stoeprand te komen. Ze voelde zich er een beetje door in het nauw gedreven.

'We moeten daarheen. Het is maar een klein stukje om,' zei Milo. Hij wees een andere kant op dan Toekie dacht dat ze zouden gaan.

'Je zei… ik moet echt naar school.'

'Het is vlakbij. Het kost echt maar een minuutje.' Milo legde zijn hand op haar rug en duwde haar de kant op die hij wilde gaan.

Toekie begon te slingeren. 'Hé joh! Hou eens op!

Milo liet los. 'Je zult zien dat ze er leuke dingen hebben.'

Toekie begon nu echt van hem te balen. Waarom wilde hij toch per se zijn zin hebben? Ze keek opzij. Milo lachte naar haar. Waarom deed hij nu opeens weer zo aardig? Ze ging harder fietsen, misschien raakte ze hem kwijt. Maar Milo fietste net zo hard mee.

'Ik moet echt opschieten!' riep Toekie. 'Ik kan maar even mee!'

'We zijn er zo,' riep Milo.

Ze reden een heel stuk om. Toekie kwam nu zeker te laat op school. Hopelijk begonnen ze direct met de pimp-jezelfdag en merkte niemand het.

'Zie je die blauwe vlag in de verte?' zei Milo. 'Daar is het! Kom op! We zetten de fietsen aan de overkant.' Hij wees naar een stenen kiosk.

'Het kan toch ook bij die winkel waar we moeten zijn?'

Milo schudde zijn hoofd. 'Dit is beter.' Hij zette zijn fiets achter de kiosk. 'Kom maar. Dan doen we ze samen aan één slot. Zo kunnen we er snel vandoor.' Hij deed zijn kabelslot door beide voorwielen. Toekie zag dat hij het slot zo legde dat het net leek of het dicht was. Ze wilde er iets van zeggen, maar Milo trok haar al mee de straat over. Het was een heel gesjouw met die tassen. Ze gingen de winkel binnen. Het rook er een beetje muf. Toekie wist al meteen dat ze er niets leuks zou vinden. Zogenaamd geïnteresseerd liep ze langs de kledingrekken.

'Wat vind je hiervan?' Milo die een eindje verderop stond, hield een gebloemd bloesje omhoog.

Toekie wierp een blik op het meisje dat in de winkel werkte en schudde toen vlug haar hoofd.

'Dit is gaaf!' riep Milo even later.

Toekie knikte. Het was inderdaad een mooi jasje dat Milo haar liet zien.

'Volgens mij is dit je maat. Pas eens!'

Toekie paste het en bekeek zichzelf in de spiegel. Het jasje zat als gegoten en het leek gloednieuw. Toekie trok het weer uit. 'Ik heb geen geld, hoor. En het is vast te duur.' Ze gaf het jasje terug.

Milo zocht naar het prijskaartje. Toen hij het niet vond, liep hij ermee naar het meisje. 'Wat kost deze?'

Ze zei Milo de prijs.

'Voor zo'n tweedehands jasje!' riep Milo verontwaardigd. 'Voor dat geld koop je een nieuwe.'

Toekie schrok een beetje van zijn agressieve manier van doen en wachtte gespannen wat het meisje zou antwoorden.

Ze haalde haar schouders op. 'Als je het te duur vindt, moet je niet bij mij wezen. Ik maak die prijzen niet.'

'Er kan vast nog wel wat af!'

Het meisje schudde haar hoofd. 'Ik zei toch dat je niet bij mij moest zijn,' antwoordde ze een beetje geïrriteerd. Ze wilde weglopen om een stapeltje kleren in de rekken terug te hangen. Milo hield haar tegen.

'Hé joh! Laat me los, hè!'

Milo liet haar gaan en liep toen met het jasje terug naar Toekie. 'Stomme teef! Wat denkt ze wel! Hier!' Opeens propte bij razendsnel het jasje in Toekies tas met de hoed. 'Wegwezen!'

Voor Toekie goed en wel besefte wat er gebeurde, trok Milo haar mee de winkel uit.

'We gaan weer!' riep hij tegen het meisje.

Ze zei niks terug.

'Rennen!' riep Milo. Hij sleurde Toekie mee naar de overkant van de straat.

Ze probeerde zich los te rukken. 'Hé, laat me los! Ben je gek geworden of zo?'

Ze waren bij de kiosk. Milo trok in één ruk het slot tussen de wielen uit. 'Kom mee! Voor ze het ontdekt!'

'Ik wil dit niet!' riep Toekie. 'Eikel! Je hebt dat jasje gestolen! En waarom stopte je het in míjn tas?'

'Waar anders in? Schiet nou op! Straks komt de politie!'

'Politie? Ik heb niks gedaan, hoor!'

'Pak die fiets nou!'

Toekie pakte haar fiets. De tas waarin het jasje zat, hing al aan het stuur. Ze wierp een blik op de winkel aan de overkant. Het meisje stond in de deuropening. Ze keek alsof ze hen zocht. 'Shit! Volgens mij heeft ze het ontdekt. Ze staat te kijken.'

Milo keek ook. 'Wacht even dan!' Hij wees naar het struikgewas achter hen. 'Er loopt daar een pad. Als we daar langs gaan, ziet ze ons niet.'

Toekie bleef staan. 'We kunnen het jasje toch terugbrengen? Dan zeggen we dat we vergeten waren om het af te rekenen.'

'Ben je gek? Dat gelooft ze nooit. Dan belt ze alsnog

de politie. Blijf daar niet zo stom staan kijken! Je snapt er ook niks van. Zo doe je die dingen niet. Kom nou!'

Toekie aarzelde. 'Je bent een dief!' riep ze. 'Je bent een dief en je probeert mij erbij te lappen. Dat is een rotstreek! Ik ga niet meer met je mee! Ik moet naar school, heb ik je toch gezegd. Als je winkels leeg wilt jatten, doe je het maar in je eentje. Doei!' Ze pakte haar fiets, stapte op en reed de andere kant op. 'Eikel!' zei ze zachtjes voor zich uit, al had Milo het best mogen horen.

'Daar! Dat meisje! Daar zijn ze!' hoorde ze iemand roepen.

Toekie keek in de richting van waar het geluid kwam. Aan de overkant zag ze het meisje van de winkel naar haar wijzen. Toekie schrok, want er stonden nu opeens twee agenten naast haar. Waar kwamen die zo gauw vandaan? Een auto toeterde hard. Ze was er bijna tegenaan gereden. Achter haar hoorde ze allemaal mensen roepen. Ze raakte in paniek. Ze kon maar één ding bedenken: hard weg fietsen.

'Houd de dief!' riep iemand.

Toekie hoorde een sirene. In paniek begon ze nog harder te fietsen. Rechtsaf, de volgende straat in, spoorde een stemmetje in haar hoofd haar aan. Het geluid van de sirene kwam steeds dichterbij. Ze fietste als een gek verder. Terwijl de sirene achter haar loeide, fietste ze rakelings langs auto's en ontweek ternauwernood een oude man met een boodschappentas die op een zebrapad liep. In het voorbijgaan zag ze mensen stoppen en

naar haar kijken. Tegelijkertijd schoten er allerlei fantasieën door haar hoofd: een wilde achtervolging zoals je
in films zag, agenten die schoten, geschreeuw…

Later realiseerde ze zich dat alles om haar heen als in
slow motion gebeurde.

Het straatje dat ze was ingeslagen, was smal. Er
kwam een tegenligger aan. Toekie moest afremmen. Ze
hoorde een portier dichtslaan, voetstappen op het
asfalt. Toen voelde ze opeens een ruk aan haar fiets. Ze
vloog bijna over haar stuur. Ze kon nog net op de
grond springen. Het zadel boorde zich in haar rug.
'Au!' schreeuwde ze.

Ze hoorde mensen roepen: 'Stop!'

Iemand pakte haar bij haar arm. 'Meekomen!'

'Laat me los!' Ze keek in het gezicht van een agente.
Ze had kort blond haar.

'Stap maar af!'

Een andere agent, een man, kwam aanrennen en
pakte haar fiets. 'Meekomen!' herhaalde hij. De agente keek in de tas die aan het stuur hing en haalde het
jasje eruit. 'Van wie is dit kledingstuk?'

'Van… van… eh… niet van mij,' riep Toekie. 'Ik…'

'Nee, precies. Je hebt het gestolen.'

'Ik niet!' riep Toekie. Ze voelde de tranen in haar
ogen komen. Ze keek achterom of ze Milo ergens zag.
Ze aarzelde. Als ze vertelde wat er echt was gebeurd,
verraadde ze Milo. Nou en? dacht ze er meteen achteraan. Híj had het jasje toch gestolen? Het was toch zijn

idee geweest om naar die winkel te gaan? Had ze niet een paar keer gezegd dat ze naar school moest? Dat ze helemaal niet mee wilde gaan? Moest zíj dan voor die diefstal opdraaien? Zouden ze haar geloven? Ze zouden misschien zeggen dat ze Milo tegen had kunnen houden. En wat zou Milo zeggen als ze hem vroegen wat er was gebeurd? Zou hij de waarheid spreken? Of zou hij háár juist de schuld geven? Het jasje zat in háár tas.

De agente schudde aan haar arm. 'Nou? Ik vroeg je wat?'

'Ik… ik… .'

De mensen in de straat stonden allemaal naar haar te staren.

'Vuile dieven, zijn het!' hoorde ze een meneer zeggen. 'Ze jatten alles wat los en vastzit.'

Een man naast hem knikte en voegde eraan toe: 'Ja, en als je niet uitkijkt, schieten ze je nog neer ook.'

De agente zei weer iets tegen haar, maar het drong nauwelijks tot Toekie door. Alles scheen buiten haar om te gebeuren, alsof ze naar een film keek waarin ze zelf meespeelde.

Toekie werd in een politiebusje geduwd. De tassen werden van de fiets gehaald en voorin gezet. De fiets ging, net als zij, ook achterin. De omstanders keken met priemende ogen naar haar.

'Ik was het niet!' riep Toekie tegen de agenten. Ze smeten de deur dicht. Door de beslagen ramen van het busje, zocht ze wanhopig de omgeving af. Maar Milo was nergens meer te bekennen. Toen reden ze weg.

Op het politiebureau werd ze in een cel gelaten en door een agente gefouilleerd.

'Ik heb niks gedaan, hoor!' zei Toekie. Ze was weer een beetje bij haar positieven gekomen. 'Het was die jongen, Milo heet hij.'

'Straks mag je je verhaal vertellen,' antwoordde de agente. Ze ging het kamertje uit en liet Toekie alleen achter. Ze hoorde dat de deur op slot werd gedraaid.

Ze lieten haar een hele tijd zitten. Het was vreselijk om opgesloten te zijn. Er waren geen ramen in de cel en geluid van buiten drong er ook niet in door. Het was net of je met je kop in een grote zak met watten zat. Wat als ik naar de wc moet? dacht Toekie. Of dorst krijg? Of honger? Of misschien krijg ik wel een hart- aanval. Niemand zou het merken, of pas als het te laat was. Hoe lang zouden ze haar hier laten zitten? Werd haar moeder niet ongerust? Op school zouden ze ook niet weten waar ze was. Als ze ziek was of om een ande- re reden niet kon komen, moest je moeder of je vader of iemand anders vóór negen uur bellen om je af te melden. Haar mobieltje had de agent afgenomen dus ze kon niemand waarschuwen. Niemand wist waar ze was. Zelfs die stomme Milo niet, al had hij vast wel een idee. Ja, hij had vast van een afstandje gezien wat er met haar was gebeurd. Ze verwachtte niet dat hij haar zou komen redden. De pimp-jezelfdag kon ze ook wel vergeten. Leuk, dat modeontwerpen, maar niet heus! Door die stomme kleren zat ze nu hier. Was ze maar gebleven wie ze was! Wat was daar nou eigenlijk mis mee? Niks! Het was toch ook alleen maar de buitenkant die ze had veranderd? Ja, was ze maar gewoon zichzelf gebleven. Dan had ze Milo niet ontmoet en dan zat ze nu niet onschuldig in de gevangenis.

Niemand, helemaal niemand wist waar ze was. Ze konden haar hier wel honderd jaar laten zitten, als ze wilden.

Milo zou het haar moeder niet gaan zeggen. Dat was zeker. Hoe langer ze over haar situatie nadacht, hoe eenzamer ze zich ooit voelde. Veel eenzamer dan ze zich ooit had gevoeld.

Hoe moest ze bewijzen dat ze het jasje niet had gestolen? Niemand had gezien dat zij het niet had gedaan. En bewijzen dat Milo de dief was, kon ze niet. Ze wist niet eens zijn achternaam en ook niet waar hij woonde. Ja, de Vlinderstraat. Maar welk nummer had Gwen niet verteld. Misschien had ze maar wat gezegd! Wacht eens! Als ze Gwen nou eens kon bereiken? Ja, zij kon er vast wel achter komen waar Milo woonde. Dan kon de politie hem ondervragen. Misschien vertelde hij hen de waarheid.

Toekie wachtte nog een tijdje of er iemand kwam. Ze hoorde mensen op de gang heen en weer lopen, maar ze liepen haar deur steeds voorbij.

Ze bonkte op de deur. 'Is daar iemand?'

Eindelijk werd er opengedaan. Een agent vroeg: 'Wat is er?'

Toekie zocht even naar woorden. 'Ik… ik moet iemand bellen… ik zou iemand ophalen,' verzon ze gauw. 'Mijn vriendin staat nu voor niks te wachten… Het is heel belangrijk…'

De agent keek haar ongelovig aan. Er speelde een lachje om zijn mond. Het maakte haar nog onzekerder dan ze zich al voelde. Opeens kon ze zich niet meer beheersen. Ze barstte in een onbeheersbaar snikken uit.

'Kom dan maar even mee!' De agent legde zijn arm om haar schouder en nam haar mee naar een kamertje. Hij schonk een glas water in uit een kan die op tafel stond.

Ze kon het nauwelijks opdrinken, zo overstuur was ze. 'Ik… ik heb het niet gedáán!' brulde ze.

'Rustig, nou maar even,' zei de agent. 'Ik haal er iemand bij.' Even later kwam hij terug met de agente die haar had gearresteerd.

Ze ging achter en computer zitten. 'Vertel maar wat er volgens jou is gebeurd.'

'Het is begonnen omdat ik…ik een nieuwe identiteit wilde,' begon ze snikkend. 'Het is stom, maar…' Ze vertelde alles: hoe ze Milo had ontmoet en van de pimp-jezelfdag en hoe Milo steeds maar had aangedrongen dat ze met hem meeging.

De agenten luisterden. Eerst leken ze haar verhaal maar half te geloven, maar na een tijdje vroeg de vrouwelijke agent: 'Weet je de achternaam van die jongen?' Toekie schudde haar hoofd. 'Dat is het juist. Maar mijn vriendin Gwen zei dat hij in De Vlinderstraat woont.'

'Dan denk ik dat ik wel weet bij welk groepje hij hoort,' zei de vrouwelijke agent, half tegen haar collega, half tegen Toekie. 'We hebben vaker last van die jongens. Ze staan altijd in het winkelcentrum. Een groot gezin dat in de Vlinderstraat woont, zeg je? Ik denk dat ik wel weet wie dat zijn.' Ze keek naar haar collega: 'Misschien kun jij er even langsgaan? Om te kijken of hij thuis is.'

De vrouwelijke agent zette Toekies hele verhaal in de computer. Toekie wist niet of ze haar echt geloofden, maar uiteindelijk mocht ze haar moeder bellen. Die luisterde eerst, maar algauw werd ze bijna hysterisch.

'Gearresteerd? Ik dacht dat je naar school ging! Op het politiebureau? Gestolen? O, god! O, nee! Mijn kind is een crimineel! Ben je soms ook aan de drugs?' Ze begon gekke geluiden te maken: het leek op snel hijgen en tegelijk gilde ze met een raar hoog stemmetje.

De vrouwelijke agent had door dat het aan de andere kant niet zo goed ging en nam de telefoon van Toekie over. Ze probeerde Toekies moeder te kalmeren: 'Maakt u zich maar geen zorgen. We denken dat we wel weten wat er is gebeurd. We zijn nog even bezig met het onderzoek. Daarna brengen wij uw dochter wel naar school.'

Na die laatste woorden werd Toekie zelf weer een beetje kalmer. Misschien geloofden de agenten haar echt. Ze hoefde ook niet meer terug naar de cel, maar mocht wachten in een kamertje met een raam dat uitzicht had op een binnenplaats. Daar stonden alle politieauto's geparkeerd. Na een tijdje zag Toekie een busje aan komen rijden. Tot haar schrik werd Milo eruit gelaten. Vlug trok ze haar hoofd terug, bang om door hem te worden gezien. Ze voelde meteen haar hart sneller kloppen. Zenuwachtig beet ze op haar nagels. Wat als hij ontkende dat hij met de diefstal te maken had? Als ze hem lieten gaan, ging hij haar misschien lastigvallen. Ze liep naar de deur, hij was niet op slot. Voorzichtig deed ze de kruk naar beneden en keek de gang in. Zou ze stiekem weggaan? Maar als ze gesnapt werd, zou de politie vast en zeker denken dat ze schuldig was. Ze hoorde voetstappen en trok de deur vlug dicht.

Niet lang daarna kwam de agente terug. 'Kom maar!' Ze nam Toekie mee naar een hal. Daar kreeg ze haar spullen terug. 'Hij heeft bekend,' zei de agente. 'En nog een paar andere diefstalletjes ook. We hadden hem een tijdje geleden al in verband gebracht met wat andere zaken.' Ze keek op haar horloge. 'Als je opschiet, ben je nog op tijd voor de pimp-jezelfdag.' Ze lachte. 'Pas voortaan een beetje op met wie je omgaat.' Ze wees naar een blauw busje dat voor de deur geparkeerd stond. 'Ga maar!' Ze gaf haar een klein duwtje.

Opgelucht stond Toekie even later buiten.

Lieve Philippine,

Vandaag was de leukste en de ergste dag van mijn leven. Ik zal eerst het leukste vertellen. De pimp-jezelfdag was super! Heel veel kinderen hadden oude kleren bij zich, die ze met anderen ruilden. Er werd onwijs veel geknipt en gescheurd. Er waren kinderen die van alles over elkaar aan trokken. Iedereen ging uit zijn dak en pimpte er flink op los. Er waren echt leuke ontwerpen bij. Natuurlijk riep Angelina na een tijdje: 'We gaan een verkiezing houden!' Dat wil ze altijd, omdat ze hoopt dat zij wint en dan weer door iedereen bewonderd kan worden.

Na heel veel gezeur over hoe moest worden bepaald wie je het beste vond, riep meneer Batelaar: 'Allemaal een briefje in een bak doen, met de naam van wie volgens jou moet winnen! Vanmiddag maken we de uitslag bekend!'

Angelina begon meteen een campagne voor zichzelf.

's Middags was de uitslag. Angelina liep maar in haar handen te klappen, alsof zij al wist dat ze had gewonnen. Meneer Batelaar klom met een papier in zijn handen op Wouters kistje (waar hij als levend standbeeld tot de pauze op had gestaan en onwijs veel geld had opgehaald). 'Met een meerderheid van stemmen is gekozen tot grootste pimp van dit jaar... Wouter van Dooren!'

De geiten zetten meteen hun lied in: 'Viva! Viva! Viva Variaschool! Wouter is ons idool!' Iedereen zong mee. Ik was blij dat ik het niet was geworden, maar Wouter vond die aandacht fijn. Hij liet zich door alle geiten zoenen. Ik noem hem van nu af aan: Wouter, de geitengeneraal. Ik denk dat ik misschien, ja heel misschien wel een heel klein, pietsie beetje verliefd op hem zou kunnen worden. Misschien! Ik moet er nog eens een paar honderd

nachtjes over slapen. Ik vind hem in ieder geval wel de aardigste van iedereen. Jammer dat hij vissen mishandelt. Dat is wel een minpuntje.

Nu over het ergste wat me vandaag is overkomen: ik ben crimineel geweest, wat een bijzonder gevoel is, vooral als je niks hebt gedaan. Het was vreselijk eng, maar ook wel weer leuk. Nu wil iedereen weten hoe het was om in een cel te zitten.

Toen ik in een overvalbus terug naar school werd gebracht, (want dat was het enige vervoermiddel dat de politie had waarin ik én mijn fiets paste), kwam de school kijken toen ik uitstapte. En iedereen wilde natuurlijk weten wat er was gebeurd. Ik heb ze eerst allemaal verhaaltjes op hun mouw gespeld. Gewoon, om te kijken hoe ze reageerden. Zoals: 'Ik was ontvoerd!' 'Nee, willen jullie je echt weten? Ik was een gijzelaar bij een roofoverval.'

Op het laatst heb ik de waarheid verteld. Iedereen vond het stoer dat ik gearresteerd was... Gek toch! Misdaad loont dus wel, blijkbaar. Angelina's geitenclubje wilde me gaan toejuichen, maar dat heb ik gelukkig kunnen voorkomen. Stel je voor: 'Viva de Variaschool! Toekie is een crimineel en daarom ons idool!' Je zou je toch doodschamen.

Tot slot:
De opzet om mijn leven te veranderen is toch wel gelukt. Want ik heb een hoop meegemaakt en ook een nieuwe trend ontketend. Maar het belangrijkste is: dat ik eigenlijk heel blij ben met mezelf. <u>4@ltijd mezelf!</u> zal ik maar zeggen.

Nou dat was het voor vandaag.

Tot gauw!
Lots of kisses, 2kie.

Wouters chatwoordenlijst

Smileys
Als je de tekentjes een kwart slag naar rechts draait,
zie je de gezichtjes en hun uitdrukking.

*-)	ik moet nadenken
8o|	ik heb ontblote tanden
8-)	ik draag een bril
@:-)	ik draag een tulband
{: - (	mijn toupet loopt gevaar door de harde wind
(-)	ik moet naar de kapper
(:-)	ik ben kaal
$:-)	ik heb krullen
=:-)	ik heb een hanenkam
}:-)	ik heb een toupet
r:-)	ik heb een paardenstaart
#:-)	mijn haar zit in de klit
6:-)	ik heb een kuif
{:-{)#.	ik heb een toupet, een snor en een baard
%:%)%	ik heb pukkels
:- ~)	ik ben verkouden

:x)	ik heb een snotneus
:-#	ik heb een beugel
H-)	ik kijk scheel
?-(	ik heb een blauw oog
:<)	ik heb een wipneus
[:-)	ik heb een walkman op
q:-)	ik heb een petje op
:)	ik ben blind
:- [	ik ben een vampier
*8-I	ik ben een nerd
-:o	ik ben een baby
-:@	ik ben een baby met een speen in mijn mond
0:-)	ik ben een engel
C=:-)	ik ben een goede kok
:-Q	ik rook
.[:-)	ik kijk tv
*!#!&~>:- (	ik ben woedend
:-)	blij
;-)	knipoog
:- D	heel blij
:-P	steek tong uit
:,(	ik huil
:- ((	ben heel droevig
>:-<	boos
>:-<<	heel boos
:...(	huilen
:@}-,-'-	een roos

<3	hartje of liefde
(^ - ^)	grote broer of zus van smiley
,]xxx[==	zwaard
(((((naam)))))	cyberkus
:::0:::	pleister
:'-)	snikgoed of gaaf of cool of beren- goed of wous (wat je maar wilt)
:'-(	snikslecht
:-@	schreeuwen
:-6	geeuwen
;-)	knipoog
(-|-)	achterwerk
(&)	hond
(@)	poes
:-*	geheim!
:*	kusje
:*)	grapje
(x)	meisje
:-[	vampier
+o(	ziek
(^)	taart
...---...	sos
(:-...	gebroken hart
1000xxs	1000 maal excuses
<0>	schreeuw
:-{}	kushandje
:-D	ha, ha, ha

Chatwoorden met letters (ook te gebruiken bij sms'en)

LOL	lots of love
LOH	lots of hair
Plzzzz	please (alsjeblieft)
L@er	later! (tot ziens)
L8	lacht
HHH	hiep hiep hoera
Suc6	succes
CU	see you (tot ziens)
112	help!
***	3 kusjes
ffw88	even wachten
thnx	thanks (bedankt)
4U2	for you too (ook voor jou)
VC	vet cool
Spr	super
BVHL	buikpijn van het lachen
Ggd	goed gedaan (zelf verzonnen door Toekie. Betekent ook: Gemeentelijke Geneeskundige Dienst)
Tdlk	toedeledokie
Wb	welcome back (welkom terug)
snik	ik ben verdrietig
ibw	ik ben weg
ibzt	ik ben zo terug
lb	lekker belangrijk
mn	mooi niet

xje	ik zie je (tot ziens)
1/2u	halfuur
4@ltijd	voor altijd
ff	even
ld	lekker ding
znn	zoenen
gtvrplks	getverpielekes
htskd	hatsiekiede
hftg	heftig
LM	lachen man
MB	megabelangrijk
TG	te gek
VCJ	vet cool joh
D blln	de ballen
Hll	hallo
Mzzl	mazzel
Ts	tot straks
Ww	wauw
Ws	waus
Ff chlln	even chillen (even relaxen)
Ff spbln	even spijbelen
Nrd	nerd
Mn	mooi niet
b@i	bye!
NVV	niet verder vertellen
ak	aardijkskunde

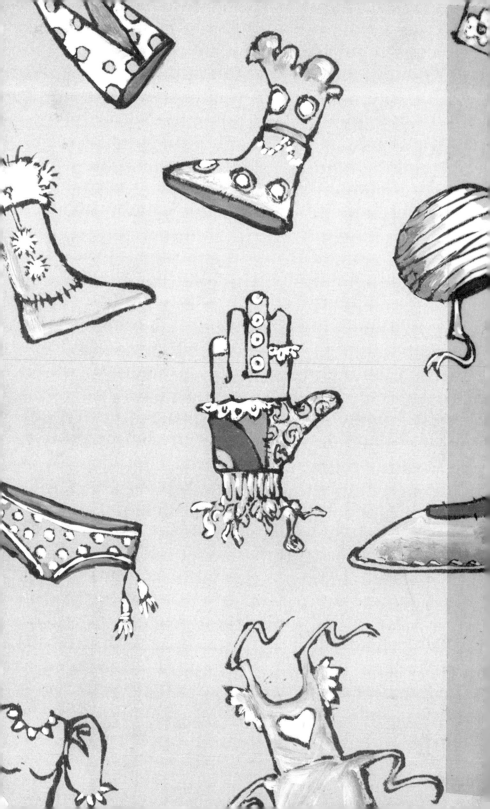